Hessentag

Hans Dölzer

Hessentag

Der dritte Fall für Jonas Jordan

Impressum

 © 2018 RʜɪɴoVᴇʀʟᴀɢ Dr. Lutz Gebhardt & Söhne
GmbH & Co. KG
Am Hang 27, 98693 Ilmenau
Tel.: 03677 / 46628-0, Fax: 03677 / 46628-80
www.RhinoVerlag.de | www.blutrot.info

Titelbild: Bernd Volkmarsen
Lektorat: Lekto.Rat, Katja Völkel, M. A., Dresden
Layout, Satz: Verlag *grünes herz*®, Sibylle Senftleben
Schrift: Linux Libertine O
Titelgestaltung: Verlag *grünes herz*®, Sibylle Senftleben
Druck: Alliance Print, Sofia

1. Auflage 2018
ISBN: 978-3-95560-504-9

"We gotta get out of this place,
if it's the last thing we ever do.
We gotta get out of this place –
girl, there's a better life for me and you."
Eric Burdon

„Wir müssen hier schnellstens weg,
und wenn's das Letzte ist, was wir tun!
Wir müssen hier schnellstens weg –
mein Mädchen, es gibt ein besseres Leben
für dich und mich."

Die Personen

Jonas Jordan .... Motorrad-Journalist. Hasst rudelbraten. Und macht es trotzdem.

Claudia Dunkmann ..... Vulkanologin. Muss mit etwas Polizistenhaut weiterfahren.

Irene Falter .... Kriminalkommissarin. Ermittelt im Gewühl des Hessentags.

Cemalettin Doğan .... Leiter der Mordkommission. Nimmt einem Zyniker das Gewehr ab.

Frederike Santer .... Oberärztin. Rechnet Leben nicht gegen Leben auf.

Karl Kuminz .... Polizeiobermeister. Freut sich über Metzgereien und Waldeckischen Ofenkuchen.

Konrad Kiefer .... Polizeimeister. Verhaftet beim Hessentag drauflos.

Edeltraud Walker .... Staatsanwältin. Hat eine alte Last zu tragen.

Leonhard Nick .... Schuldirektor a.D. Kann aus zwei Gründen nicht mehr andere erniedrigen.

Wilhelm Munske .... Oberstudienrat a.D. Hat sich einen Spaziergang anders vorgestellt.

Johannes Heltdorf .... Studienrat a.D. Liegt nahe am Wasser.

Brigitte-Johanna
Sirius-Vogelsang .... Gymnasiallehrerin für Englisch und Sport. Hängt an der Flasche und an ihrem Leben.

Erna Hallerwacken ...... Pensionierte Studienrätin. Kann backen für drei.

Sigwart Heilmann .... Ex-Lehrer und Jäger. Hat etwas gegen gepanzerte Kriegswagen.

Walter Sudl .... Physiklehrer a.D. Spürt dem Ohmschen Gesetz nach.

Max Freidank .... Ex-Studienrat. Hört nur noch rechts.

Helmut Abt .... Soko-Kommissar. Wundert sich über ein Geständnis.

Friedhelm Althans .... Metzgermeister. Sticht nur Schweine und Rinder ab.

Eins

Gunter Frese fror. Zwar hielt seine Arbeitsklei-
dung die schlimmste Nasskälte ab, doch warm
war etwas anderes. „Klimaerwärmung!", dachte
Frese bitter. „Lachhaft!" Der Wind trieb Blätter über
das graue Pflaster, bis sie in einer feuchten Ecke
des Platzes festklebten. Vergeblich mühte sich der
beginnende Tag, den trüben nordhessischen Himmel aufzuhellen. Von der Litfaßsäule hing traurig
ein Plakat zu zwei Dritteln herunter, das der Dau-
erregen der letzten Tage gelöst hatte. „...senta...
ldrichtig!", war noch zu lesen. Der vollständige
Text wiederholte sich auf dem großen wetterfesten
Transparent, das vom Geländer der Briloner Landstraße herabhing, die den Berndorfer-Tor-Platz
überquerte: „Hessentag KorbWach – Sympathisch.
Bunt. Goldrichtig!"

Außer Gunter Frese las dies niemand. An einem
regnerischen Maimorgen um sechs Uhr dreißig
ging kein Mensch freiwillig in der Fußgängerzone
spazieren. Frese aber musste. Es war sein Auftrag
als Gemeindearbeiter, das schmutzige Transparent
ab- und ein neues dafür aufzuhängen. Der Hessentag sollte beginnen, und es schien, als wehre sich
das Wetter dagegen mit kalten Tränen.

Nach einem kritischen Blick auf die vom Wind ge-
wölbte Plane stieg Frese zurück in seinen Mini-Lkw
und rangierte ihn in eine bessere Position. Den Mo-

tor ließ er laufen. Umständlich kletterte er danach in den Korb der Hebebühne auf der Pritsche, betätigte die Hydraulik und ließ sich zum Geländer hinauffahren.

Man hatte das Transparent einseitig bedruckt, dann gefaltet und doppelt genommen, damit die frohe Botschaft von beiden Seiten gelesen werden konnte. So bildete es praktisch eine Riesentasche, die nach links und rechts offen war.

Freses Laune strebte aufgrund des peitschenden Regens ihrem Tiefpunkt zu, sodass er sich nicht fragte, warum die Planentasche so stark ausgebeult war. Nachdem er die Hebebühne noch weiter in die Höhe bugsiert hatte, stoppte er, griff zum Seitenschneider in seiner Jackentasche und begann, die Kabelbinder durchzuzwicken, die das Transparent mit den Streben des Geländers verbanden.

Als er den letzten Plastikhalter zerschnitt, fiel die Plane, steif vor Kälte, klatschend hinunter auf das Pflaster. Gunter Frese stoppte mitten in der Bewegung, sein ausgestreckter Arm mit der Werkzeughand erstarrte ebenso wie der ganze Mensch. Er hielt mit aufgerissenen Augen den Atem an und bewegte sich nicht. Jedenfalls weniger als der andere Körper, der da im Wind vor ihm baumelte.

Töten? Warum sollte ich töten?' Die Frage hat er sich anfangs gestellt. Und sie mittlerweile beantwortet. Durch Handeln. Es ist leichter gewesen als er sich das vorgestellt hat. Der Hass hat sein Zögern vertrieben. Und damit ist aus der Frage eine andere geworden, die er im Stillen einem fiktiven Kommissar stellt: *,Warum ich getötet habe? Können Sie sich das nicht denken? Gut, wenn Sie wollen, erzähle ich Ihnen alles von Anfang an. Kennen Sie Korbach? Nein, wenn Sie erst seit sechs Jahren hier wohnen, kennen Sie Korbach nicht.'*

Er unterbricht den stummen Dialog in seinem Kopf. Die Bremsen quietschen metallisch, als die Bahn in die Haltestelle einfährt, und der einsetzende Ruck nötigt ihn, sich an dem Griff neben der Tür festzuhalten. Die Uhr auf dem Bahnsteig ist offensichtlich defekt. Es muss jetzt wohl gegen zehn sein. Er sollte sich beeilen, viel Zeit bleibt ihm nicht mehr. Vehement drückt er den Türknopf des Waggons, greift seine Tasche und steigt hinaus in den Nieselregen. Links neben dem zugenagelten Eingang des verfallenen Bahnhofsgebäudes steht ein Schaukasten mit dem Ortsplan. Er bleibt davor stehen und studiert das Straßenverzeichnis.

„Kann ich Ihnen helfen? Wo wollen Sie hin?" Die ältere kleine Dame blickt freundlich zu ihm auf. „D-Danke", stottert er, „ich finde mich schon zurecht." – „Na dann, einen schönen Tag!" Die Frau lächelt und geht ihrer Wege.

Plötzlich kommen die Schmerzen wieder, er muss sich gegen das Gestell des Kastens lehnen. Die freundliche Dame, schon einige Meter entfernt, blickt sich um, runzelt die Stirn und zögert. Doch dann deutet sie ein Kopfschütteln an und setzt ihren Weg fort. Er bückt sich zu seiner Tasche, öffnet die Klappe und nestelt eine Schachtel heraus. Die große Tablette muss er nun ohne Flüssigkeit schlucken. Es gelingt. In zehn Minuten würden die Schmerzen dumpf werden und eher einer Taubheit gleichen.

Wie lange hast du dort zu tun?" Jojo musste die Frage wiederholen, da Claudia nachdenklich in die Ferne blickte und sich offenbar aus dem Hier und Jetzt verabschiedet hatte.

„Entschuldigung, was hast du gesagt?" Sie kehrte geistig zurück an den Tisch des kleinen Bistros.

Jonas Jordan, von seinen Freunden Jojo genannt, lächelte und fragte zum dritten Mal. Der Motorradjournalist und die Vulkanologin waren in Usseln eingekehrt, dem Ort im waldeckischen Sauerland, dort „Upland" genannt. Jojo wunderte sich, dass er es über so viele Kilometer ausgehalten hatte: Sie beide waren auf ihren Motorrädern gemeinsam von Heidelberg bis kurz vor Bremen gefahren – Jojo hatte dann noch alleine einen Abstecher an die Nordsee unternommen –, und zusammen hatten sie sich auch wieder auf den Rückweg gemacht.

Jojo, klein, untersetzt und mittlerweile einundsechzig Jahre alt, war seit Jahrzehnten überzeugter Solofahrer. „Rudelbraten", wie er es nannte, gemeinsame Fahrten mit Motorrädern, konnte er nicht ausstehen, und ein „Rudel" war für ihn alles, was über eine Maschine hinausging. Und doch hatte er die lange Strecke mit Claudia Dunkmann ohne Widerwillen bewältigt. Wobei die Frau, vor Kurzem sechsundvierzig Jahre alt geworden, auf ihrer lila lackierten, tinnitusgenerierenden Laverda meist vorausgefahren war.

Jojo besaß mehrere Motorräder, jedoch kein Auto. Und als freier Journalist recherchierte und schrieb er Technikberichte für verschiedene Zeitschriften, was ihn in ganz Deutschland herumführte und manchmal darüber hinaus. Ähnlich viele Kilometer absolvierte Claudia auf ihrer Maschine. Das lag nicht daran, dass sie aus Weyhe stammte, einem kleinen niedersächsischen Ort bei Bremen, und nun im fränkischen Ansbach wohnte. Vielmehr brachte es ihr Beruf mit sich, dass sie Messungen an erloschenen Vulkanen vornahm, von denen erstaunlich zahlreiche auch in Deutschland lagen.

Der Einzelgänger Jojo hatte die Einzelgängerin Claudia bei einer Motorradpanne nahe Heilbronn kennengelernt. Später hatte sie ihn mit ihrer burschikosen Art sowie ihrer brüllenden Laverda vor einer Gruppe lynchlustiger Studenten gerettet und ihm bei der Aufklärung zweier Morde geholfen.

Und nun wollte er wissen, wie lange sie an den Vulkanen des Berglandes an Fulda und Werra zu tun hatte. Die Frau zuckte mit den Schultern: „Vielleicht eine Woche? Oder zwei? Ich weiß es noch nicht."

Nach der langen Fahrt würden sich ihre Wege hier in Usseln trennen: Claudia musste beruflich in die Gegend von Hessisch Lichtenau, Jojo dagegen wollte im nahen Korbach Station machen. Er wohnte zwar schon lange an der Badischen Bergstraße bei Heidelberg, hatte jedoch ursprünglich in dem nordhessischen Städtchen einen Teil seiner Jugend verbracht. Korbach brüstete sich mit einer Vergangenheit als Hansestadt, und nun sollte der diesjährige Hessentag dort stattfinden, ein zehntägiges Festival voller Kulturveranstaltungen. Kollegen aus Jojos ehemaliger Schulklasse hatten die Gelegenheit genutzt und zu einem Treffen eingeladen, und er war durchaus neugierig zu erfahren, was aus jedem Einzelnen in den letzten vierundvierzig Jahren geworden war.

Sie zahlten und erhoben sich. „War angenehm mit dir!" Claudia gab ihm die Hand.

„Können wir gerne wiederholen", grinste Jojo und meinte, dafür von der Frau einen skeptischen Blick kassiert zu haben.

„Vielleicht", wich sie aus. „Wenn sich's ergibt."

Sie pflückte ihren Jethelm und die Handschuhe vom Motorrad, und Jojo sah ihr nachdenklich hinterher, als sie mit ihrer infernalisch röhrenden Laverda davonfuhr, bevor er selber seine MZ 300 anwarf.

E r erfuhr es zuerst an der Theke. Jojos Verlangen nach einer „**Ahlen Worscht**" hatte ihn zum Laden der Korbacher Traditionsmetzgerei Dant in die Briloner Landstraße geführt, in der bei der Kasse neben Senftuben und Schmalzgläsern die örtliche Zeitung auslag. „Grausamer Mord in Korbach", schrie die Schlagzeile.

Die hennatoupierte Verkäuferin quoll über vor Mitteilungsbedürfnis und wusste auf Jojos Nachfrage sofort alle Details zu berichten, egal ob realistisch, gerüchteumwabert oder selbst erdacht: Ein pensionierter Lehrer der Alten Landesschule sei an seinen hinter den Rücken gebundenen Händen aufgehängt worden und daran sowie an vorausgegangenen Folterungen gestorben. „Das war vielleicht ein Schock für den Gunter! Der hat ihn nämlich gefunden und abgeschnitten. Jetzt hat er Urlaub. Also der Gunter, meine ich."

Mit erhöhtem Puls und ebenso erhöhter Sprechfrequenz wie -phonzahl berichtete sie, dass dem Mordopfer die Zunge herausgeschnitten worden sei. Sie senkte ihre Stimme, während sich ihr Gesicht mit Röte überzog: Auch „unten rum" habe der Mörder etwas abgeschnitten.

Nein, der Name der Leiche werde geheim gehalten, aber man höre, dass es sich um den pensionierten Lehrer Leonhard Nick handele. Vielleicht aber auch um dessen Kollegen Sigwart Heilmann oder Max Freidank. Jedenfalls sei das schrecklich, zumal die Lehrer äußerst beliebt gewesen seien.

Nein, den Mörder habe man noch nicht gefasst, aber die Polizei, so werde erzählt, ermittle im Umfeld der geschiedenen Frauen von Freidank und Nick. Oder des Tennisclubs von Heilmann. Vielleicht auch unter den Handwerkern, die Nick verklagt hätten, weil der ihre Rechnungen nicht bezahlt habe. „Er hat sich doch erst vor einem Jahr ein Häuschen gebaut, obwohl er doch gar nicht mehr verheiratet war, er hatte doch nur seine Dackel, undwersichjetztumdiearmenKleinenkümmertweißichnicht. DaswäredochdieFürsorgepflichtder Polizei. Odermindestensseinekollegensollterdasmachen. UndwererbtjetztdasHäuschenKinderhaterdochkeinegehabt. AmEndekriegtsderStaatundprofitiertnochvondemMordunddafürzahlenwirnochSteuern. Wasistdasallesschrecklichgeradejetztzu HessentagwassollendenndievielenBesucherdenkenwasinKorbachlosist. HierbittedieAhleWorschtkommtnochwasdazu?" Vom akustischen Maschinengewehrfeuer zur Flucht getrieben, zahlte Jojo schnell und suchte das Weite.

Leonhard Nick? Sollte dieses Ekelpaket, unter dem seinerzeit schon Jojo gelitten hatte, das Opfer sein?

Erinnerungsfetzen stiegen in Jojo hoch, Bilder von Schikanen durch sogenannte Pädagogen, Demütigungen von Klassenkameradinnen im Physikunterricht durch minderbemittelte, aber umso arrogantere Pauker. Da gab es den Mathelehrer Taffer, der häufig den Klassenraum mit hochgestrecktem rechten Arm betrat und dies, obwohl es Sommer war, grinsend kommentierte mit: „So hoch liegt draußen der Schnee!"

Oder Sigwart Heilmann, der, als er nach Korbach versetzt worden war, einen ganz vernünftigen Eindruck gemacht, sich aber in der Atmosphäre des Gymnasiums zu einem Kotzbrocken entwickelt hatte. „SigHeilmann" hatten ihn die Schüler genannt, und ihm, der das aufgeschnappt hatte, schien das sogar gefallen zu haben.

Der ehemalige Lehrer Max Freidank dagegen hatte Jojo nicht unterrichtet, aber auch er war gefürchtet für seine Lärmempfindlichkeit. Sämtliche Schüler hatten bei ihm mucksmäuschenstill zu sein, wenn sie nicht am Ohr gezogen werden wollten. Und wenn er Pausenaufsicht hatte und die Kleinen tobten, griff er sich einen von ihnen und drehte ihm die Ohrmuschel so weit herum, bis sie blutete. Schlagartig verstummten daraufhin alle Schüler und zogen sich ängstlich in eine Ecke zurück.

Jojo hatte sich manches nicht gefallen lassen und sich gewehrt, obwohl er oftmals unterlag. Die unterrichtenden Psychopathen saßen eben meist am längeren Hebel. Ja, ihn hatten sie seinerzeit von der Schule werfen wollen, indem sie ihm einen erfundenen Handel mit Rauschgift anzuhängen versuchten. Ausgerechnet ihm, der noch nicht einmal Alkohol anrührte, weil er sah, was das Zeug mit seiner Mutter anrichtete. Und das nur nebenbei: Über den Alkoholismus einer Pfarrersfrau wurde in der Kleinstadt geschwiegen, man sah darüber wie über so vieles hinweg.

Nein, die Schuldirektion hatte es nicht geschafft, Jojo loszuwerden. Ein paar Jahre später hatten sie ihn sogar durchs Abitur gehoben, nur damit sie ihn nicht mehr auf dem Gelände der altehrwürdigen Anstalt hatten dulden müssen.

Waren seine Erinnerungen nur negativ? Gab es nicht die von Nostalgie geschwängerten Berichte in dem Blättchen der „Ehemaligen", die das Hosianna auf ihre alten Lehrer sangen? Jojo war gespannt auf das Klassentreffen am Abend, darauf, wie sich seine Mitschüler an die gemeinsame Zeit erinnerten. Ebenso negativ? Oder besaß er eine verschobene Wahrnehmung?

Als er sein reserviertes Zimmer in dem kleinen Gasthof bezog, hatte er Korbach weit umfahren müssen. Durch den Hessentag war fast die gesamte Altstadt für den Verkehr gesperrt.

Jojo erkannte sie sofort. Während die anderen noch rätselten, welche kleine, zierliche Person da auf sie zutrat, streckte er die Hand aus: „Frederike!" Freudig schlug sie ein: „Jojo! Mensch, wie lange ist das her?"

Rike – das Mädchen war der Überflieger gewesen. Nicht nur war die halbe männliche Klasse in sie verknallt – Jojo eingeschlossen –, auch, weil sie niemanden an sich heranließ; sie war darüber hinaus in fast allen Fächern die Beste, und das, ohne sich anzustrengen. Und dennoch hatte sie zu leiden gehabt. Zum Beispiel unter dem unglaublich fetten Physiklehrer Sudl, der nicht nur pädagogisch und menschlich eine Niete war, sondern auch von seinem Fach keine Ahnung besaß. Oft genug hatten die Schüler beispielsweise mehr über elektrische Schaltkreise gewusst als er.

Seine Frauenverachtung unterbot allerdings noch seinen Mangel an Methodik und Didaktik. „Warum sitzen Sie eigentlich noch im Physikunterricht, Frettchen?", hatte Sudl regelmäßig Rike mit der Verballhornung ihres Vornamens gedemütigt. „Sie heiraten ja doch irgendwann. Was wollen Sie denn mit Abitur?" Irgendwann waren Rike die Tränen gelaufen, worüber der Fettwanst hämisch lachte: „Mit Ihrer Weinerlichkeit beeindrucken Sie mich nicht, Frettchen."

Obwohl Rikes Klassenarbeiten fehlerlos waren, bekam sie regelmäßig schlechte Noten. Begründung etwa: Sie habe den Rechen- oder Gedankengang nicht mit verschiedenfarbigen Leuchtmarkern gekennzeichnet.

Oft hatten die Schülerinnen und Schüler in den Pausen überlegt, wie sie den Studienrat loswerden konnten. Sie tagträumten von Guillotinen und Scheiterhaufen, von Digitalisgetränken und Nächten der langen Messer. Aber natürlich setzten sie nichts davon in die Tat um. Manche versuchten, sich durch Unterwürfigkeit anzupassen, andere ballten in ohnmächtiger Wut die Faust in der Tasche.

Wer schließlich nächtens die Reifen an Sudls Wagen zerstochen hatte, war nie herausgekommen. Und das bisschen Schadenfreude verstärkte noch eher das Gefühl der Hilflosigkeit dem Pauker und der Schulleitung gegenüber, die selbstverständlich die Hand über den Ekelklumpen hielt.

Dies alles, lang verschüttet, stieg in Jojo auf, als er Rike die Hand gab. Ja, sie war auch mit grauen Haaren noch genauso hübsch wie damals.

Zehn gesetzte Frauen und Männer saßen um den Tisch in der „Waage", dem ältesten Gasthaus Korbachs, an dessen Außenwand sogenannte „Schandsteine" hingen, schwere Kugeln, die man Delinquenten vor hunderten von Jahren öffentlich um den Hals gehängt hatte. Man schien in dem Städtchen darauf ebenso stolz zu sein wie auf den ein paar Meter entfernten „Pranger", einen eisernen Laufstall auf einer Säule, in den man damals Verurteilte sperrte, die dann vom Volk angeglotzt, beworfen und angespuckt werden konnten. Es war noch nicht so lange her, dass Nazis dies wieder eingeführt hatten, etwa bei sogenannter „Rassenschande".

Dem Gasthaus konnte man die Vergangenheit und die Sicht der Korbacher darauf nicht anlasten. Dennoch rief die Lektüre der Speisekarte hier und da nostalgische Gefühle hervor. Denn in welchen Restaurants wurden heutzutage noch **Rindsrouladen** angeboten, das überaus traditionelle deutsche Gericht?

Natürlich war nicht die gesamte ehemalige Klasse erschienen. Manche lebten im Ausland, weitere waren anderweitig verhindert, zwei hatten signalisiert, dass sie um keinen Preis die Kleinstadt noch einmal sehen wollten. Und drei waren bereits verstorben. So saßen immerhin zehn Menschen in der Runde. Zehn, die in ihrer Jugend Korbachs Alte Landesschule durchlaufen hatten, ein Name, der der Anstalt von Hitlers Reichserziehungsminister Bernhard Rust verpasst worden war. Rust hatte sich am 8. Mai 1945 eine Kugel in den Nazikopf geschossen, doch der Name der Schule hatte überlebt, worauf der Lehrkörper offenbar bis in die jüngste Zeit stolz war.

Jeder der ehemaligen Mitschüler gab einen Abriss über seinen Werdegang. Herbert etwa hatte Pharmazie studiert und im nahen Bad Wildungen eine Apotheke übernommen. „Glaubt bloß nicht, dass man sich damit eine goldene Nase verdienen kann", versuchte er, den gängigen Klischees entgegenzutreten. „Der Gebietsschutz wurde vor Jahren aufgehoben, es gibt immer mehr Ketten mit Dumpingpreisen, die Krankenkassen haben unsereins an der Gurgel, und von sogenannten Internetapotheken wie Doc Morris wollen wir gar nicht reden! Vielen Dank nach Brüssel!"

Eine verwandte Laufbahn hatte Rupert eingeschlagen: Veterinärmedizin. „Numerus clausus, was ein Scheiß! Weil ich schlecht war in Kunsterziehung und Physik, hätte ich bis zu zehn Jahre auf einen Studienplatz warten müssen."

„Wie hast du's dann angestellt?", wollte Paul wissen.

„Ich habe in Budapest studiert, da gibt's deutsche Vorlesungen."

„Kostet sicherlich fünf Euro dreißig."

„Ungarn ist billiger als man denkt. Aber natürlich haben mir meine Eltern geholfen." Jetzt führte Rupert eine halbwegs florierende Tierarzt-Praxis in Goddelsheim.

Werner hatte – Abitur hin oder her – den Bauernhof seines Vaters in Sachsenhausen übernommen. „Aber zuvor habe ich auch studiert!"

„Was? Kuhmelkologie?", wollte Jojo wissen, der mal wieder seinen Schnabel nicht halten konnte.

„Landwirtschaft", gab Werner ungerührt zurück, „in Göttingen. Acht Semester. Nur mit Gummistiefeln und klapperndem Trecker kann heute niemand mehr Bauer werden."

Eine ähnliche Karriere hatte Hans-Martin hinter sich. Der Junge aus dem kleinen Dorf Obernburg war Forstwirtschaftsmeister in staatlichem Dienst geworden. Es stellte sich heraus, dass er heute nicht weit von Jojos Wohnort lebte, in Wilhelmsfeld im vorderen Odenwald. „Endlich sind wir ein Luftkurort", berichtete er. „Das hat ja gedauert. Schon vor Jahrzehnten hat die Gemeinde Luftkurort-Autoaufkleber drucken lassen, ist damals aber immer knapp an dem offiziellen Titel gescheitert. Na, ob's dem Tourismus dient, bleibt abzuwarten."

Elvira schließlich war leidenschaftliche Grundschullehrerin geworden, hatte allerdings aufgrund einer ernsten Krankheit vorzeitig pensioniert werden müssen.

„Gut, dass du nicht ans Korbacher Gymnasium gegangen bist", bemerkte Jojo.

„Warum?"

„Vielleicht würdest du dann jetzt unter einer Brücke hängen."

Elvira schien dies nicht lustig zu finden.

„Sternbild ‚Elefant', wie?", meinte Paul zu Jojo. „Mit Aszendent ‚Porzellanladen'!"

Edeltraud, genannt Traudel, hatte sich schon als Mädchen allein erziehen müssen; die Mutter war Säuferin gewesen und der Vater Dauerpatient in einer geschlossenen Anstalt. Ihre Kindheit und Jugend waren hart gewesen, doch sie hatte sich durchgebissen. Das kam ihrem Selbstbewusstsein zugute, was beim Lehrkörper in Korbachs Alter Landesschule auf wenig Gegenliebe stieß. So hatte sie nach etlichen Streitigkeiten die Anstalt noch vor dem Abitur verlassen und dies später im nahen Arolsen nachgeholt.

Die junge Traudel Walker war ein Lebemensch gewesen und hatte keinen Spaß ausgelassen, keine Party, vermutlich, weil sie ihren übrigen Alltag erkämpfen musste. Umso verblüffter waren alle Anwesenden, als sie ihre jetzige Tätigkeit nannte: Staatsanwältin in Fulda! Die flippige Traudel zwischen Stapeln staubtrockener Gesetzestexte? Das konnten sie sich nur schwer vorstellen.

Die Befragung der Anwesenden ging weiter. „Sesselfurzer", meinte Paul, als er seinen Beruf nennen sollte. „Ich bin Beamter und arbeite im Korbacher Rathaus. Friedhofsverwaltung."

„Leichenschubser", kommentierte Herbert respektlos.

„Ich hätte nicht so viele zu schubsen", konterte Paul, „wenn du Giftmischer sie nicht zu mir befördern würdest." Sie lachten.

Als Frederike nach ihrem Beruf gefragt wurde, antwortete sie: „Onkologin."

„Und um Tanten kümmerst du dich nicht? Nur um Onkel?", brachte Jojo einen müden Kalauer an.

„Äh – hat das was mit Krebs zu tun?", fragte Paul.

„Ja, ich habe Medizin studiert und bin Ärztin auf einer onkologischen Station in Kassel. Aber nur zur Hälfte. Die restliche Zeit forsche ich über Krebsursachen und -therapien." Sie sagte das wie nebenbei, als ob sie nach der Marke ihres Autos gefragt worden wäre.

Die weiteren Gespräche drehten sich natürlich um den bestialischen Mord an einem der Lehrer, die sie alle noch in schlechter Erinnerung hatten. „Unser Unterrichtspersonal", stellte etwa Herbert fest, „bestand zu neunzig Prozent aus Psychopathen. Und davon wiederum zu neunzig Prozent aus *bösartigen* Psychopathen."

„Das ist kein Grund, Nick zu Tode zu foltern!", meinte Rike.

„Dann hat es tatsächlich den Nick erwischt", staunte Jojo, „nicht den Heilmann oder den Freidank?"

„Ja, ich weiß es von unserer Gerichtsmedizin. Aber wie kommst du auf die anderen beiden?", wollte Rike wissen.

„Eine Verkäuferin bei Dant hat es vermutet."

„Interessant, wie schnell sich Gerüchte verbreiten."

„Ja", meinte Ulf, „da war wohl der Wunsch Vater des Gedankens." Erleichtert registrierte Jojo, dass ihn sein Gedächtnis nicht täuschte: Niemand in der Runde ließ ein gutes Haar an Nick und auch nicht an den anderen inzwischen verrenteten Pädagogen.

Die Gesellschaft löste sich in Einzelgespräche auf. Jojo wechselte seinen Platz und setzte sich neben Rike. Sie erzählte von ihrem Ex-Mann, der nach der Geburt des zweiten Kindes plötzlich verschwunden war und sie ohne Unterhalt zurückgelassen hatte. „Beruf und nebenbei zwei Kinder allein großziehen, das war nicht einfach", berichtete sie ohne Verbitterung. „Die sind natürlich längst erwachsen und aus dem Haus, und ich werde auch bald in Rente gehen."

„Weißt du, wie weit die Polizei in dem Mordfall an Nick gekommen ist?", wollte Jojo wissen.

„Die Wohnung soll voller Blut gewesen sein, hört man. Und sie hätten jede Menge Fingerabdrücke und DNA, wahrscheinlich vom Täter."

„Oder der Täterin."

„Unwahrscheinlich. Es braucht schon einiges an Kraft, den schweren Körper an das Geländer über dem Platz zu hängen. Neben den abgeschnittenen Körperteilen hat der Tote noch einen langen Schnitt in der Stirn aufgewiesen."

„Ich würde gerne über den Fall berichten. Immerhin war das einer unserer Lehrer, und ich bin Journalist."

„Ich denke, Motorradjournalist?"

„Ja, hauptsächlich. Aber wenn etwas anderweitig Interessantes passiert, habe ich dafür auch Abnehmer."

„Soll ich dich mit jemandem von der Mordkommission bekannt machen? Ich kenne da einen Kommissar. Er ist allerdings Türke."

„Was heißt das, *allerdings*?", runzelte Jojo die Stirn. „Meinst du, die machen einen schlechteren Job als Deutsche?"

„Nein, ich weiß nur, dass manche Leute Vorbehalte gegenüber Ausländern haben. Dabei ist Cem gar kein Ausländer, er ist hier geboren und besitzt die deutsche Staatsbürgerschaft."

„Cem?", fragte Jojo. „Etwa Cemalettin Doğan?" Jojo sprach den Namen korrekt wie im Türkischen ohne das ‚g' aus.

„Ja, kennst du ihn?"

„Ich hatte vor Jahren mit ihm zu tun. Ist er nicht Kommissar in Homberg?"

„Das war er. Er leitet jetzt die Mordkommission in Kassel."

„Dann sag ihm einen schönen Gruß von mir. Er soll sich bei mir melden." Jojo diktierte Rike seine Handynummer. „Und magst du mir vielleicht auch seine Nummer geben?"

Rike blätterte in ihrem Notizbuch und schrieb für Jojo Doğans Mobilnummer auf.

Bald danach entschuldigte sie sich: „Ich habe morgen Frühdienst und muss noch ein wenig schlafen."

Entgegen seiner üblichen Sprödigkeit drückte Jojo sie zum Abschied. Er ahnte nicht, unter welchen Umständen er Rike wiedersehen sollte.

Zwei

„Seniorenresidenz Waldblick, Laschmann, guten Tag!" Die Frau am Telefon meldet sich routiniert.

„Guten Tag. Sagen Sie, bei Ihnen wohnt doch Herr Munske, Wilhelm Munske. Ich bin ein Großneffe von ihm und würde ihn gerne besuchen. Ich habe gerade beruflich in der Gegend zu tun. Können Sie mir seine Zimmernummer nennen?"

„Herr Munske wohnt im dritten Obergeschoss, Zimmer 34. Aber Sie werden ihn gerade nicht antreffen. Gleich gibt es Mittagessen, und danach macht Herr Munske immer einen Spaziergang. Ich denke, gegen sechzehn Uhr wird er zurück sein."

„Dann werde ich danach kommen. Vielen Dank!"

Er hängt ein und greift nach seiner Tasche. Dritter Stock? Das ist ungünstig. Er hat auf das Erdgeschoss gehofft, wo er leicht ein Zimmer aus dem Fenster hätte verlassen können. So muss er eben auf den Spaziergang des Munske warten.

Er zieht sich die Kapuze seiner Jacke über den Kopf. Es nieselt noch immer. Ihm kommt das entgegen, bei dem Wetter werden nur wenige zu Fuß unterwegs sein.

Noch hat er Zeit. Es dürfte so um halb zwölf Uhr sein. Wann würde Munske aus dem Haus kommen? Würde er ihn noch erkennen? Keine Frage, ein solches Gesicht vergisst er nicht.

Dem Altersheim gegenüber steht ein Bürogebäude, in dem eine Bank einen kleinen Raum mit Geldau-

tomaten und Kontoauszugsdruckern angemietet hat. Geheizt ist auch, wie er feststellt, als er den Raum betritt. Von hier hat er einen guten Blick auf den Eingang der Seniorenresidenz, man sieht ihn nicht von draußen, und bei dem Wetter wird wohl auch kaum ein Bankkunde hereinkommen.

Es dauert. Gegen ein Uhr nimmt er vorsichtshalber eine Tablette. Es wäre zu blöd, wenn ihn plötzlich die Schmerzen in der Bewegung hindern würden.

Die automatische Tür gleitet auf, eine junge Frau kommt herein und schiebt ihre Karte in einen Geldautomaten. Er macht sich an einem der anderen Geräte zu schaffen und wartet, bis die Besucherin wieder geht. Sie hat ihn nicht beachtet.

Endlich öffnet sich die Tür des Altersheims. Ein alter Mann tritt heraus, zögert, schaut in den Himmel und öffnet seinen Regenschirm. Langsam schlägt er den Weg in den nahen Park ein. Der Kapuzenmann folgt ihm.

J etzt geh schon!"
　　„Bei dem Wetter?"
„Willst du, dass sie auf den Teppich scheißt?"

Missmutig grummelnd zog sich Hartmut den Anorak über. Haldis kratzte schon an der Tür. Hartmut war von Beginn an dagegen gewesen, sich einen Hund anzuschaffen. Aber wie meist hatte er sich schließlich Antjes Wunsch gebeugt, der eher einem Befehl glich. Und dieser Name! Hätte man das Vieh nicht Bella oder Hummel nennen können, von ihm aus auch Nanni oder Diva? Aber Haldis, „Göttin des Felsgesteins"?

Und nun war es seine Aufgabe, zweimal täglich den Köter in den Park zu führen. Der natürlich für Hunde verboten war, wie große Schilder eindeutig verkündeten. Das war ihm egal! Sollte Haldis doch hinkacken, wo sie wollte – es war ja nicht sein Hund. Und dann bei dem Wetter! ‚Da jagt man keinen Hund vor die Tür‘, war die geläufige Redensart. Nein, Haldis musste man nicht jagen, sie jagte vielmehr ihn selber hinaus. Dreckig und nass kam der Hund dann regelmäßig zurück, freudig schwanzwedelnd, im Gegensatz zu Hartmut, dem die Mundwinkel bis zum Gürtel hinabhingen. Und die Diele sah aus wie nach einem Schlammsturz, wenn sich Haldis geschüttelt hatte.

Am Parkeingang nahm Hartmut dem Hund die Leine ab, und der stürzte sofort los, schnüffelte herum und setzte schließlich seinen Haufen neben den Sandkasten in der Kinderecke, die im Regen verlassen dalag.

Hartmut zog die Riemen der Mütze fester und stapfte weiter. Sollte das Vieh doch bleiben, wo es war! Heimlich hoffte er immer, dass Haldis einmal den Park verlassen und auf die Straße hinausrennen würde, wo sie dann von einem gnädigen Autolenker überfahren werden könnte. Doch seine Hoffnung war vergeblich, die Promenadenmischung war einfach zu klug.

Hartmut hatte die Nase voll. Zwanzig Minuten lang war er nun über die Kieswege geschlurft und hatte versucht, nicht in die Pfützen zu treten, was nicht immer gelang. Er lenkte seine Schritte heimwärts.

„Haaaldis!" Er rief den Hund mehr aus Gewohnheit als aus dem Bedürfnis, ihn wiederzusehen. Keine trappelnden Pfoten waren zu hören. „Kommkommkomm!" – Nichts.

Hartmut blickte auf. Der stärker gewordene Regen schlug ihm ins Gesicht. Wo steckte das verdammte Vieh?

Er ging ein paar Meter den Weg zurück. Da hechelte etwas, Hartmut sah das Hinterteil des Hundes aus einem Busch ragen. Er trat näher. Haldis tauchte auf, sie hatte einen braunen Schuh im Maul und zeigte ihn stolz vor. Schließlich ließ sie ihn fallen und lief ins Gebüsch zurück. Und da sah es Hartmut auch: Ein bestrumpftes Bein ragte unter den Blättern hervor, das Hosenbein war hinaufgerutscht und gab eine behaarte Altmännerwade frei. Verkrustet von geronnenem Blut.

Niemand würde bei seinem Anblick auf die Idee kommen, dass seine Eltern aus dem tiefsten Anatolien stammten. Sein naturblonder Kurzhaarschnitt wies ihn noch mehr als sein Pass als einen deutschen Staatsbürger aus, und er besaß auch nicht fünfzig türkische Teppiche, kein Geschirr mit verschnörkelten Dekoren und kitschige Zimmerspringbrunnen. Vielmehr legte er großen Wert auf Schlichtheit, funktionale, elegante Kleidung und gute Proportionen bei Möbeln und Gegenständen. Zu dem Mann, der von Mies van der Rohe hätte entworfen sein können, passte nur sein Name nicht: Cemalettin Doğan, kurz Cem, wie ihn seine Freunde nannten.

Cem Doğan war Oberkommissar und vor kurzem zum Leiter der Mordkommission im Polizeipräsidium Kassel befördert worden.

Derzeit lag die Akte eines ungeklärten Tötungsdelikts aus Korbach auf seinem Schreibtisch, und nun kam ein zweites hinzu. Im Stadtpark von Hessisch Lichtenau – von den Einheimischen „HeLi" genannt –, den man seit dem dortigen Hessentag 2006 in „Frau-Holle-Park" umbenannt hatte, war eine gar nicht märchenhafte männliche Leiche gefunden worden. Sie musste dort bereits seit etwa zwei Tagen gelegen haben und wies Bissspuren von Tieren auf. Gravierender aber waren andere Verletzungen: Den Händen waren offenbar mit einem Messer mehrere Finger abgetrennt und das Opfer entmannt worden. „Ante mortem", wie der Gerichtsmediziner sagte, also noch am lebenden Körper. Und die Stirn wies zwei parallele lange Schnitte auf.

Unglaublich sadistisch war der Mörder vorgegangen. Während der Verstümmelungen musste der alte Mann geschrien haben, doch niemand wollte während der vergangenen Mairegentage etwas gehört haben, vielleicht auch aufgrund des Verkehrslärms der nahe gelegenen Straßen. Die Handschrift des Täters war die gleiche wie die beim Mord in Korbach, und so war die Sonderkommission auf zwölf Kolleginnen und Kollegen aufgestockt worden. Cem Doğan hatte sie systematisch aufgeteilt: Vier Polizistinnen und Polizisten, je zu zweit, befragten Anwohner des Parks und Mitarbeiter des angrenzenden Altersheims. Zwei versuchten im Kasseler Büro, alles über die Vergangenheit der beiden Opfer herauszufinden. Weitere vier hatten sich des Korbacher Mords vor Ort angenommen und wurden sporadisch von den Kollegen dort unterstützt, die beim Hessentag das Zelt der Polizei mit ihren Veranstaltungen betreuten. Man konnte durchaus auf Erkenntnisse hoffen, denn unter den Menschenmassen, die das Zelt betraten und wieder verließen, befand sich vielleicht die eine oder andere Auffälligkeit, die den Argwohn der Männer und Frauen in Blau erregte.

Schließlich fehlte noch eine Person, um das Team komplett zu machen. Und Cem Doğan hatte sich an Irene Falter erinnert, jene Kollegin, die mit ihm vor Jahren einen alten Mord in Spangenberg aufgeklärt hatte. Der „Zitronenfalter", wie sie hinter ihrem Rücken genannt wurde, weil sie schnell sauer wurde, lebte zwar mittlerweile im nordbadischen Ladenburg, war aber hessische Polizistin geblieben und der länderübergreifenden Dezentralen Ermittlungsgruppe Viernheim zugeteilt worden.

Es hatte Cem Doğan einiges an Überredungskraft gekostet, seine Vorgesetzten von Irene Falters Mitarbeit zu überzeugen. Doch schließlich war sie in seiner Soko gelandet, und er hatte sich persönlich um eine Unterkunft für sie gekümmert, was ihm mit der Buchung einer gemütlichen Pension in der kleinen Gemeinde Habichtswald nahe Kassel gelungen war.

Irene Falter saß ihm nun am Schreibtisch gegenüber. Sie hätte seine kleine Schwester sein können: Schlank, mittelgroß, mit blonder Kurzhaarfrisur. Kriminalhauptkommissarin Falter stammte ursprünglich aus dem fränkischen Taubertal, was sie dialektisch nicht verleugnen konnte: Bei ihr wurden viele harte Konsonanten zu weichen – und umgekehrt. Es gab daher an Eingangstüren „Türklingen" – nicht etwa zu verwechseln mit „Messerglinken" in der „Pesteggschuplate". „Klühwürmchen" „klimmen" – im Gegensatz etwa zu „Nachtfaldern". „Opsd" musste man im Supermarkt „wieken", und „Keiseln" wurden oft mit „Gnepeln" am Reden gehindert – das war „plöt"!

Cem Doğans Handy brummte. Er hasste die unzähligen herunterladbaren Klingeltöne, von denen ihn jeder bei Umstehenden nur hätte blamieren können. Daher hatte er sein Mobiltelefon auf „Brummen" gestellt, das immerhin deutli-

cher als „Vibrieren" war, sodass er es nicht über-
hören konnte.

„Doğan."

„Jonas Jordan, guten Tag, Herr Doğan. Vielleicht
erinnern Sie sich an mich? Wir hatten ..."

„Aber natürlich, Herr Jordan, Sie sind mir deutlich
in Erinnerung. Immerhin haben Sie uns damals bei
der Lösung eines Mordfalls geholfen. Wie geht es
Ihnen?"

„Gut, ich bin zufrieden. Wenn ich auch im Alter
nicht mehr so gut auf die Motorräder hinaufkom-
me."

„Machen Sie keine Witze, Herr Jordan. Sie sind
doch noch jung, fit und agil!"

„Danke für die verwelkten Blumen!"

„Wie kann ich Ihnen helfen?"

„Herr Doğan, wie ich höre, sind Sie mit dem
Mordfall an einem pensionierten Lehrer in Korbach
befasst."

„Das ist richtig."

„Ich bin in der Stadt aufgewachsen – also seit
meinem elften Lebensjahr – und kannte das Opfer.
Vielleicht kann ich Informationen beitragen?"

„Das ist natürlich möglich, vielen Dank. Ich werde
meine Kollegen aus Korbach bitten, Sie zu kontak-
tieren."

„Sie wissen, dass ich Journalist bin."

„Also wollen Sie Insider-Informationen über die
Fälle erhalten?"

„Fälle? Gibt es mehrere Morde?"

Irene Falter blickte ihren Chef über die Schreibtische hinweg an. Der hielt die Sprechmuschel zu und flüsterte: „Jonas Jordan. Will etwas über die Ermittlungen wissen."

Irene Falter richtete sich auf und bat Cemalettin Doğan gestenreich, ihr den Telefonhörer zu reichen. Was dieser erleichtert tat, denn einerseits durfte er nichts über laufende Ermittlungen sagen, andererseits wollte er Jordan nicht verärgern, hatte der ihm seinerzeit doch zur Lösung eines Falles verholfen.

„Hallo, Jojo."

„Äh – mit wem spreche ich jetzt?"

Irene Falter lächelte, setzte sich gerade und wechselte in einen offiziellen Tonfall: „Irene Falter, Kriminalhauptkommissarin, derzeit in Kassel."

„Irene? Tatsächlich? Das is' ja 'n Ding! Was hat dich wieder nach Nordhessen verschlagen?"

Zwei gelöste Fälle hatten Jojo und Irene nun gemeinsam hinter sich. Sie hatten bereits vor Jahren das gegenseitige Du vereinbart und waren sogar gemeinsam auf Motorradtouren gegangen. Vor wenigen Wochen hatten sich auch Irene Falter und Claudia Dunkmann kennengelernt und zusammen Jojo aus einer heiklen Situation gerettet.

Knapp erklärte die Polizistin, dass sie vorübergehend helfen würde, zwei Morde aufzuklären.

„Wer ist denn der zweite?", wollte Jojo wissen. „Darfst du mir das sagen?"

Irene Falter blickte skeptisch zu ihrem Chef hinüber und wich aus: „Bist du zuhause? Ich könnte am Wochenende zurück zu mir nach Ladenburg fahren und ...“

Jojo unterbrach sie: „Spar dir das Benzin. Ich sitze derzeit in Korbach und hätte nichts gegen einen Ausflug nach Kassel.“

„Magst du mexikanisch?“ Sie kannte Jojos Vorliebe für gute Küche, und so verabredeten sie sich in einem Restaurant in der Oberen Königsstraße.

*A*cht Stunden! Fünfmal umsteigen! Nun gut, wenn er kein eigenes Fahrzeug besitzt, muss er eben mit der Bahn fahren und die zahllosen Defekte und Verspätungen in Kauf nehmen, die seit der Privatisierung der DB auftreten. Zumal er bis Kassel-Wilhelmshöhe auf Bus und Straßenbahn angewiesen ist, die aufgrund privater Betreiber ebenso unzuverlässig sind.

Aber er muss seinen Plan einhalten! Viel Zeit hat er nicht mehr, und sie dürfen ihn nicht erwischen, bevor er alles erledigt hat.

Es hat lange gedauert, bis er den Wohnsitz Heltdorfs erfuhr. Akribische Recherchen waren nötig, und manchmal kam er nur weiter, weil die Verwaltung im nördlichsten der neuen Bundesländer damals noch den lockeren Umgang aus DDR-Zeiten gewohnt war. Von wegen „bürokratische Verkrustung“, wie sie einem heute erzählen wollen! Wenn die Bevölke-

rungszahl der DDR vor 1990 etwa sechzehn Millionen betrug und die der BRD sechzig, dann war die Bürokratie im größeren Staat auch viermal so umfangreich. Und heute? Fünfeinhalbmal!

Das kann allerdings auch von Vorteil sein. Für ihn. Bürokratische Wege sind langsamer, Übermittlungsfehler häufiger. Das sind Zeitgeschenke, die er brauchen kann.

In Kassel-Wilhelmshöhe steigt er in den ICE um. Mit dem kommt er ohne Verzögerungen vorwärts. Wenn nicht unterwegs doch ein gebrochener Radsatz der Reise ein blutiges Ende bereitet wie 1998 bei Eschede.

Konrad Kiefer stieß seinen Kollegen mit dem Ellbogen in die Seite und zeigte ins Publikum: „Da, Karl, der isses doch, Karlkarlkarl! Was meinste? Das ist doch, äh, das ist doch unser Mann! Mensch, wenn wir den hopshopsnehmen, hamwer längstens äh auf unsere Beförderung gewartetgewartet!"

Karl Kuminz verdrehte die Augen und legte seine Hand auf den Arm des Kollegen, der bereits an seinem Halfter herumnestelte. „Warum?", fragte er nur.

„Nanana, der sieht doch verdächtig aus. Guck doch mal, die Glatze und, äh, das Hemd und die die die Stiefel!"

Kuminz zog Kiefer zurück auf den Stuhl: „Lass es!"

Ein größerer Gegensatz als zwischen Kiefer und Kuminz war kaum denkbar. Karl Kuminz war einundsechzig Jahre alt, etwa einen Meter siebzig groß und von überbordender Fülle. Man wusste nicht recht, ob sein Körpergewicht von nahezu einhundertzehn Kilogramm Ursache oder Wirkung einer ungeheuren Trägheit darstellte, mit der er sämtlichen Anforderungen des Lebens begegnete.

Konrad Kiefer war das Gegenstück. Mit seinen fünfunddreißig Jahren und hundertsiebenundachtzig Zentimetern spindeldürr, befand er sich in ständiger Bewegung und hätte einer gehörigen Portion Ritalin bedurft. Der enorme Bewegungsdrang machte auch vor seinem Mundwerk nicht halt, sodass er unausgesetzt plapperte, was ihm im übersichtlichen Bekanntenkreis den Beinamen „oszillierender Unterkiefer" eingebracht hatte.

Kuminz und Kiefer waren Polizeibeamte. Nachdem sie im nordosthessischen Melsungen als Streifenpolizisten jahrelang für völliges Chaos gesorgt oder alternativ die Dienststelle komplett lahmgelegt hatten, hatten die Vorgesetzten dem Antrag Kiefers stattgegeben, nach Korbach zurückversetzt zu werden, von wo er ursprünglich stammte. Kuminz, in Blickweite seiner Pensionierung, war mitgezogen, zumal sich seine Frau von ihm getrennt hatte, nachdem die Tochter erwachsen und ausgezogen war. Der eigentliche Grund jedoch durfte für Karl Kuminz gewesen sein, dass die Bäcker und Metzger Melsungens nicht seinen Vorstellungen von Produktquantität entsprachen, nachdem die Dienststelle in Spangenberg aufgelöst worden war. Da war die Metzgerei Dant in Korbach ein verlockendes Angebot gewesen.

Polizeiobermeister Karl Kuminz und Polizeimeister Konrad Kiefer verband eine Hassliebe. Ihre enormen charakterlichen Gegensätze hielten sie nicht davon ab, gemeinsam und ausdauernd ihren Streifendienst zu versehen, nun also in der Kreisstadt Korbach. Was sie einzig darüber hinaus verband, war ihre beiderseitige Abneigung jeglichem Schreibkram gegenüber. Dass die Vorgesetzten wochenlang auf Protokolle, Stundenlisten und Abrechnungen warten mussten – wenn sie sie überhaupt je erhielten –, nahmen die Dienststellenleiter seufzend zur Kenntnis und schrieben sie oft selber. Ihnen war bewusst, dass sie die beiden Supermänner doch nicht mehr würden ändern können.

So waren Kiefer und Kuminz zu Beginn des Hessentags als Aufpasser im Zelt der hessischen Polizei eingeteilt, in der Hoffnung ihres Chefs, dass sie dort am wenigsten anstellen würden. Offizielle Begründung war die Suche nach Verdächtigen, die als Mörder von Leonhard Nick infrage kommen konnten.

Zur Freude von Karl Kuminz stand das Polizeizelt auf dem Korbacher Obermarkt, an den unmittelbar ein Laden der Metzgerei Dant angrenzte. Während auf der Kleinkunstbühne im Zelt die Post abging, was Kuminz nur gering interessierte, hatte er die Dant-Theke halb leer gekauft und saß danach zufrieden kauend neben Kiefer an der Zeltwand und bemühte sich, seinen hyperaktiven Kollegen von Aktionen abzuhalten, in die er, Kuminz, unangenehmerweise mit hineingezogen werden würde.

Leider gelang ihm das nun nicht mehr: Kiefer war erneut aufgesprungen, hatte Kuminz am Ärmel gepackt, geschüttelt und in die Menge der Zuschauer gedeutet. „Dadada!", fistelte er, riss Kuminz vom Stuhl hoch und bahnte sich hektisch einen Weg durch die Sitzreihen. Irritiert blickte der gerade agierende Zauberkünstler von der Bühne, war aber routiniert genug, seine Vorstellung nicht zu unterbrechen. Das Publikum wiederum vermutete, dass der groteske Auftritt von Dick und Dünn in Blau zum Programm gehöre, und wartete darauf, dass der Zauberer die beiden Polizeidarsteller vielleicht verschwinden lassen würde.

Dies allerdings widerfuhr Friedhelm Althans, der sich unversehens in den Lauf einer Dienstwaffe blicken und anschließend mit geübtem Polizeigriff vor das Zelt geschleift sah. Drinnen konnte der Mann auf der Bühne nichts für ihn tun, schon gar nicht, ihn wieder auftauchen lassen.

„Hör mal, Konrad, ...", wollte Kuminz den Kollegen beschwichtigen, der jedoch voller Tatendrang nicht auf ihn hörte und den festgenommenen, verdatterten Friedhelm Althans anstotterte:

„Zuzunge abschneiden, was? Äh, Schluss dadamit, jetzt is' Schluss und ich muss doch ... wollen Sie ...

Wiwiderstand ist zwecklos, Siesie kommen jetzt mit aufs Revier, äh, aberaber plötzlich!" Unter diesem Wortschwall hatte er ihn bis zur Ascherstraße geschleift, mühsam und widerwillig von Karl Kuminz verfolgt, und auf den Rücksitz des Streifenwagens genötigt. Verwirrt und seufzend ließ es sich Friedhelm Althans gefallen.

Konrad Kiefer seufzte ebenfalls. Vor Zufriedenheit. Er hatte einen Mörder geschnappt.

Drei

Ein noch stärkerer Seufzer rang sich aus dem Mund von Hauptkommissar Welteke, dem Chef der beiden Streifenbeamten, als Konrad Kiefer ihm mit stolzgeschwellter Brust und stolzgeschwalltem Redefluss den Delinquenten vorführte: „Dadas ist ... haben wir im Zelt ... eindeutiges Verhalten, äh ... können wir einsperren ... Mörder!"

Acht lange Sekunden sah Welteke aus müden Augen den dürren Polizeimeister an, bevor er den Blick Karl Kuminz zuwandte und resigniert fragte: „Was ist passiert?"

Der zuckte die Schultern und beschloss, eine für seine Verhältnisse längere Erklärung von sich zu geben: „Das soll der Mordverdächtige im Fall Leonhard Nick sein."

Der Dienststellenleiter drehte den Kopf zurück: „Wie kommen Sie darauf, Kiefer?"

„Äh, Täterprofil, äh ... Physigno... Physi... äh, Gesicht ... er hat sich dauernd umgeschaut ... Angst, äh, vor Verfolgung ... untergetaucht in der Menge ..."

„Soso!" Welteke lehnte sich zurück und betrachtete den mutmaßlichen Killer. „Wie heißen Sie?"

„Friedhelm Althans, und ich wohne in Korbach. Wollen Sie meinen Ausweis sehen?"

„Haben Sie jemanden abgestochen?"

„Ich steche nur Schweine ab und ab und zu ein Rind", erwiderte der Festgenommene. „Ich bin Metzgermeister."

Auf der Stelle wurde Friedhelm Althans für Karl Kuminz zum Sympathieträger.

Nicht hingegen für Konrad Kiefer: „Aha!", kreischte er, „dada hamwers doch! Können Sie, können Sie ... äh?"

Welteke winkte ab und befahl den beiden Beamten, wieder an ihren Beobachtungsposten zurückzukehren, was der enttäuschte Konrad Kiefer nur tat, indem er der sanften körperlichen Gewalt durch seinen Kollegen nachgab.

„Möchten Sie einen Kaffee?", fragte Welteke den Metzgermeister, nachdem beide allein waren. Eine halbe Stunde später war Friedhelm Althans entlassen und zur Entschädigung mit zwei Freikarten für die Vorstellungen im Polizeizelt versehen.

Irene Falter konnte es nicht leiden, wenn bei einem guten Essen über berufliche Dinge gesprochen wurde. Das, meinte sie, lenke zum einen vom Genuss ab, zum anderen mangele es dadurch an Respekt gegenüber den Künsten und Mühen der Küche. Diese Einstellung teilte sie durchaus mit Jojo, zu dessen Steckenpferden Kochen und Braten gehörten.

Enchiladas con verduras, die sich sowohl die Kommissarin als auch der Journalist bestellt hatten, waren gefüllte Teigtaschen, die bewiesen, dass ein wohlschmeckendes Gericht nicht unbedingt Fleisch enthalten muss.

„Es war eine gute Mahlzeit, wenn man den Teller von sich und den Stuhl zurück schiebt", zitierte Jojo einen alten Spruch, als er sich satt nach hinten lehnte. „Nun rück mal raus mit den Informationen zu euren Mordfällen", kam er auf sein Anliegen zu sprechen.

„Jojo!" Irene hob die Augenbrauen. „Kannst du dich noch erinnern, wie du uns am Bodensee hineingepfuscht hast?"

Jojo blickte schuldbewusst auf seinen leeren Teller. „Ja, aber ich ..."

„Und dein Alleingang im Odenwald? Und in Frankfurt? Und im Weiltal?"

„Immerhin habe ich euch die Lösung des Falls serviert!"

„Ja, gemeinsam mit Claudia. Die dich im Übrigen gerettet hat, als du hinter einem Motorrad über Stock und Stein geschleift werden solltest."

„Ich war nicht ganz bei mir", versuchte Jojo zu relativieren. „Mein Freund war todkrank. Und wenig später ist er gestorben. In meinen Armen."

„Gut, das sehe ich ein", wurde die Hauptkommissarin verträglicher. „Aber versteh doch: Ich darf dir gar nichts sagen, was unsere Ermittlungen betrifft. Und erst recht nicht, wenn ich befürchten muss, dass du selber Polizei spielen willst."

„Auch nicht, wenn ich dich daran erinnere, dass ich dir bereits zweimal einen Mörder geliefert habe? Und dass ich über Informationen zu dem Mord an Leonhard Nick verfüge?"

Irene Falter horchte auf: „Informationen? Du weißt aber, dass du als Zeuge nichts zurückhalten darfst? Auch ohne Gegenleistung!"

„Bekommst du doch", meinte Jojo versöhnlich. „Und wenn ..."

Er wurde von der Bedienung unterbrochen, die die Teller abräumte und nach weiteren Wünschen fragte.

„Was können Sie mir denn als typischen mexikanischen Digestif empfehlen?", fragte Jojo.

„Da hätten wir *Crema con Tequila*, oder hätten Sie lieber einen Tequila pur oder mit Eis?"

„Was hat denn die wenigsten Umdrehungen?"

„Umdrehungen?" Die Kellnerin blickte irritiert.

„Den geringsten Alkoholanteil. Ich muss doch noch fahren", erklärte Jojo.

„Dann bringe ich Ihnen eine *Crema*."

Irene bestellte für sich einen mexikanischen Espresso und war gespannt, was da wohl serviert werden würde.

„Also, dann schieß mal los!", meinte sie schließlich zu Jojo.

„Gut. Beim Mordopfer in Korbach handelt es sich ja wohl um den Oberstudienrat Leonhard Nick, der uns seinerzeit in Latein und Mathe unterrichtete."

„Woher weißt du das?"

Jojo lächelte: „Ich habe auch meine Quellen. Informantenschutz, schon gehört?"

Die Polizistin winkte ab. „Geschenkt. Und weiter?"

„Weiter? Das ist jetzt nur eine Vermutung: Da ihr offenbar mehrere Mordfälle habt, wie es Cem Doğan herausgerutscht ist, und diese in einer Sonderkommission gemeinsam behandelt, muss ein Zusammenhang zwischen ihnen bestehen."

„Das ist richtig", gab Irene zu. „Beiden ..."

„Beiden?", unterbrach Jojo. „*Zwei* Fälle?"

„Ja. Beiden Opfern wurden die Genitalien abgeschnitten, und beide waren früher Lehrer in Korbach. Und beiden wurde die Stirn aufgeritzt."

„Das is' ja 'n Ding! Wer ist denn der Zweite?"

„Wenn du es nicht hinausposaunst: Wilhelm Munske."

„Der Bio-Pauker? Ich erinnere mich: Einer der übelsten Zyniker, die wir erdulden mussten. Er hat die jungen Mädchen vor der ganzen Klasse aufgezogen, wenn die ihre Tage hatten."

„War das so?" Irene wurde sauer. „Was für ein Schwein!"

„Allerdings! Aber ob das für einen Mord reicht ..."

„Und einen so grausamen", stimmte sie zu. „Ihm wurden am lebendigen Leib mehrere Finger abgetrennt."

„Und ‚unten rum' wie bei Nick", erinnerte sich Jojo. „So hat es jedenfalls die Verkäuferin in der Metzgerei erzählt."

„In einer Kleinstadt scheint ja nichts geheim zu bleiben", schüttelte Irene den Kopf. „Aber es wäre wohl müßig, nach den *Korbach Leaks* zu suchen."

„Eben. Und daher finde ich es sinnvoller, wenn wir uns Informationen gegenseitig nicht vorenthalten."

„Na, deine Informationen kannte ich ja alle schon." Die Bedienung brachte für Jojo die *Crema con Tequila* und für Irene einen *Café exprés mexicano* mit Schokolade und Muskat. Beide schwiegen und tranken. Genießerisch schlossen sie die Augen.

„Was du *nicht* hast, ist eine Liste aller damaligen Lehrer", fuhr Jojo fort. „Was, wenn es sich um einen Serienkiller handelt?"

„Serienmörder sind seltener, als es die Fernsehkrimis suggerieren. Und meist werden sie ohnehin spätestens nach dem zweiten Opfer gefasst."

„Soll ich dir also keine weiteren Namen nennen?"

„Wenn du willst, kannst du ja mal eine solche Liste anfertigen. Wie viele Personen wären das denn?"

„Ich schätze, so zwischen sechs und zehn."

„Wenn wir die komplett aufsuchen und unter Polizeischutz stellen wollten, hätten wir alle Hände voll zu tun. Und außerdem zu wenig Personal. Und wer sollte dann eventuellen anderen Hinweisen nachgehen?"

Das sah Jojo ein. „In Korbach", fragte er noch nach, „war aber nichts zu hören von einem zweiten Mord."

„Das glaube ich. Der geschah auch in Hessisch Lichtenau, wo Wilhelm Munske in einem Altenheim wohnte."

„Sieh an!" In Jojo nahm sofort ein Gedanke Gestalt an. Den er allerdings für sich behielt.

Sie tauschten, bevor sie sich verabschiedeten, ihre derzeitigen Adressen und Handynummern aus und versprachen, sich gegenseitig auf dem Laufenden zu halten.

„Und keine Alleingänge mehr!", befahl Irene Falter. „Sonst sind wir irgendwann geschiedene Leute!"

D er Hessentags-Dauerregen war trockenem Wetter gewichen. Sogar schien die Sonne genügend Kraft zu haben, ab und zu die Himmelsdecke aufzuwirbeln, damit sie zwischen den fliehenden Nimbostratuswolken hervorblinzeln konnte. Veranstalter und Besucher freuten sich gleichermaßen, und Korbach bemühte sich, seinem verordneten Image als Goldstadt zu entsprechen. Tatsächlich steckte der nahe Eisenberg – entgegen seinem Namen – voller Gold, das man in vergangenen Jahrhunderten, zuletzt im Faschismus, versucht hatte zu schürfen. Nur kam es in so feinen Formen als Goldflitter vor, dass sich der Abbau nie gelohnt hatte und jedes Mal eingestellt worden war. Heute war das Edelmetall nur noch Aushängeschild der von Gewerbesteuereinnahmen weitgehend verschonten Kleinstadt, die damit versuchte, Touristen anzulocken. Doch selbst die Niederländer, die früher das angrenzende Sauerland und damit auch Korbach überschwemmt hatten, blieben mittlerweile aus.

Was waren das für Zeiten gewesen, als „Curbecki", wie Korbach einst im Mittelalter hieß, als Hansestadt an der Kreuzung zwischen zwei Handelsstraßen blühte und gedieh! Damals erweiterte sich das Städtchen nach Norden hin, was man Neustadt nannte.

Jojo hatte noch als Kind mitbekommen, dass es Misstrauen und Zwist zwischen den Einwohnern der Alt- und der Neustadt gegeben hatte und noch immer gab. Er vermutete die „Neustadt" in den Arbeitersiedlungen neben dem Continental-Werk am nordöstlichen Stadtrand und erfuhr erst spät, dass die „Neustadt" bereits vor achthundert Jahren gebaut worden war. So lange hielt sich also grundlose Feindseligkeit in dieser in jahrhundertealtem Mief versunkenen Provinz. Sein Opa, der, in der Altstadt geboren, ein Haus in der nur wenige Meter entfernten Neustadt gekauft hatte, wurde daher von seinen Verwandten zeitlebens schief angeschaut.

Jojo wählte Claudias Nummer.

„Dunkmann."

„Jojo hier. Claudia, ich grüße dich. Bist du noch am Meißner?"

„Ja, aber nur noch ein paar Tage. Die Basalt-Formationen habe ich großenteils kartografiert und zwei Messstationen aufgebaut. Warum fragst du?"

„Ich würde mich gerne mit dir in Hessisch Lichtenau treffen. Ich habe dort zu tun und brauche deinen Rat. Das liegt doch in der Nähe?"

„Ja, das ist nicht weit. Worum geht's?"

„Das erzähle ich ungern am Telefon. Sagen wir übermorgen? Um die Mittagszeit? Wir telefonieren noch, wo genau."

Die Vulkanologin wunderte sich. Was wollte Jojo mit ihr besprechen? Hatte er einen Auftrag vom *Geo*-Magazin über ein angeblich erdbebengefährdetes Deutschland? Angesichts derzeitiger geologischer Katastrophen auf dem Planeten, etwa des *Agung*-Vulkanausbruchs im vergangenen Winter auf Bali, war das möglich.

Sie verabredeten sich und beendeten das Gespräch. Jojo dachte nach. Es würde eine längere Fahrt werden, wenn er mit seinen Vermutungen zu den beiden Morden richtig lag. Und möglicherweise musste er dabei schnell sein. Seine MZ, zwar auf siebenundzwanzig PS gepimpt, wäre dabei nicht das Fahrzeug der Wahl. Erst recht kam sein Enduro-Gespann nicht infrage, denn wen hätte er schon mitnehmen sollen? Die Montesa musste her!

Jonas Jordan verfügte über vier Motorräder. Neben MZ und Montesa, die von der Konstruktion eine Honda war, standen noch eine Yamaha mit Wasp-Beiwagen in der Garage sowie eine Gasgas-Trialmaschine. Die Montesa war von allen die deutlich schnellste, wenn auch das Endurogespann über erheblich mehr Hubraum und bessere Geländeeigenschaften verfügte.

Nur: Um an das Motorrad zu gelangen, musste er zweihundertdreißig Kilometer Richtung Süden an die Badische Bergstraße fahren und am nächsten Tag wieder zurück. Wollte er sich das antun? Es gab zwar ein günstiges Hessen-Ticket der Bahn, das von Korbach bis zu seinem Wohnort reichte. Aber er müsste mehrmals umsteigen, und bei den üblichen Verspätungen und Pannen war das ein Vabanque-Spiel.

Jojo tippte eine Nummer in sein Handy.

„Priewer."

„Jojo hier, hallo Hans-Martin. Bist du noch in Korbach?"

„Ja, ungefähr eine halbe Stunde. Ich packe gerade und mache mich dann auf den Heimweg. Was gibt's?"

Innerhalb von zwanzig Minuten hatte Jojo in seiner Unterkunft ausgecheckt, war zum Hotel seines alten Klassenkameraden gefahren und saß in dessen Auto. Weitere zweieinhalb Stunden später stand er vor der eigenen Haustür.

Das war ja schnell gegangen! Er hatte sich herzlich bei dem Forstwirtschaftsmeister für die Mitnahme bedankt, und nun war sein Zeitfenster für die Rückfahrt entspannter als befürchtet. Das ließ ihm Freiraum für eine gute Mahlzeit.

In den vergangenen Tagen hatte er sich immer in Restaurants ernähren müssen; und so gut auch das eine oder andere Gericht gewesen sein mochte, nichts ging doch über den eigenen Herd. Er betrachtete dabei seine Küche als Werkstatt, und wie in seiner Motorradgarage hatte jedes Werkzeug seinen Platz. Alles wurde sofort nach Gebrauch gesäubert und aufgeräumt. „Pedantisch" nannten das Freunde, wenn sie ihm dabei zusahen.

Jojo entschied sich für **Wildschweingulasch** in Rahmsoße mit Rosinenwirsing und Bratkartoffeln. Letztere briet er traditionell nicht in der Pfanne, sondern im Backofen. Ein großer Gefrierschrank war für seinen Single-Haushalt lebensnotwendig, und so holte er das fertig geschnittene Fleisch und das Gemüse heraus. Die Kartoffelknollen sowie die Zutaten gab seine Vorratskammer her.

Drei Stunden später rumpelte die Spülmaschine, und Jojo sah seine Post durch. Ein Brief aus Brodersby? Lag das nicht in der Nähe von Kiel? Jojo öffnete den Umschlag. Er wurde von einem norddeutschen Gespannbauer zur Präsentation eines neuen Seitenwagen-Umbaus eingeladen. Dessen Firma war bekannt für hochwertige, aber auch sauteure Dreiräder. Jojo hatte durchaus Lust, einmal wieder eines dieser schnittigen Einzelstücke zu fahren, doch von seinem Wohnort bis ins schleswig-holsteinische Brodersby waren es über siebenhundert Kilometer! Lohnte sich das?

Gut, er wollte ja sowieso erneut nach Nordhessen, das war bereits fast die Hälfte der Strecke. Ob er den weiten Weg auf sich nehmen würde, könnte er sich immer noch spontan entscheiden.

Am nächsten Tag versah der Journalist sein Gepäck mit frischer Wäsche und lud es der Montesa auf. Eine Stunde später war er auf der Straße. Natürlich wäre es über die Autobahn der schnellste und wohl auch kürzeste Weg nach Hessisch Lichtenau. Doch Landstraßen über Odenwald, Spessart und Rhön sind für Motorradfahrten die weitaus interessanteren Strecken.

Allerdings gab es gefährliche Abschnitte. Hinter Wald-Michelbach im Odenwald etwa, auf der Straße zwischen Affolterbach und Olfen, war die Höchstgeschwindigkeit für Motorräder auf siebzig Kilometer pro Stunde begrenzt. *Nur* für Motorräder. Alle anderen durften hundert fahren. Wer sich auf zwei oder drei Rädern daran hielt, kam in heikle Situationen, wenn ein schneller PKW dicht auffuhr, hupte, riskant überholte und den „schleichenden" Motorradfahrer genervt abdrängte. In den hessischen Straßenverkehrsbehörden saßen eben breitärschige Autofahrer, die wie viele Entscheidungsträger bis hinauf nach Berlin der Meinung waren, dass Motorradfahren verboten gehörte. Ohnehin waren an den meisten Unfällen mit Zweiradbeteiligung PKW-Fahrer die Verursacher, was kenntnisfreie Journalisten der Qualitätsmedien nicht daran hinderte, von „überhöhter Geschwindigkeit" und „gefährlichem Motorradfahren" zu faseln.

Jojo nahm dies in Kauf. Er wusste, dass er auf einem Zweirad eben für den Rest der Verkehrsteilnehmer mitdenken musste, da Assistenzsysteme und unzählige Piepser in Autos den Fahrern das Denken abnahmen und sie noch dümmer machten, als sie ohnehin schon waren. Er wählte also Landstraßen, und ab Fulda konnte er ja, wenn er wollte oder die Zeit nicht reichte, immer noch die A7 befahren.

Fulda? Lebte dort nicht Traudel, die Staatsanwältin? Jojo drehte am Quirl.

Volltreffer! Irene Falter hatte sich die alten Personalakten des Korbacher Gymnasiums vom Regierungspräsidium Kassel besorgt.

Das war nicht ohne Verzögerungen abgelaufen, da die Beamten zum einen ungern in die kellerstaubigen Archivbestände hinabstiegen, zum anderen befürchteten, es könnten bisher gedeckelte Unregelmäßigkeiten ans Licht kommen, die den verschworenen Haufen verbeamteter Pädagogen in seiner jahrzehntelangen satten Ruhe aufscheuchen könnten wie der Habicht einen Hühnerhof.

Die Angst war nicht grundlos, hatte man doch in der Adenauer-Zeit den Großteil der parteistrammen Lehrer aus dem Faschismus übernommen, die sich nach 1945 plötzlich Demokraten nannten. Und hatte man nicht den jahrelangen sexuellen Missbrauch von Kindern durch Unterrichtspersonal geduldet, etwa an der Odenwaldschule in Heppenheim? Bis dieser Druckbehälter es nicht mehr aushielt und explodierte. Die Versuche, solche Skandale kleinzureden und die öffentliche Empörung zu beschwichtigen, waren in Südhessen verpufft. Doch Heppenheim, das wussten die Schulämter, war kein Einzelfall, und so gab man sich alle Mühe, schulfremde Personen von Nachforschungen fernzuhalten, einschließlich der Polizei.

Der Zitronenfalter aber hatte sich durchgesetzt. Die Kommissarin war laut geworden, hatte mit der Staatsanwaltschaft und vor allem mit der Öffentlichkeit gedroht. Und nun lag Munskes Akte vor ihr auf dem Tisch, die wohl vergessen worden war zu schreddern, wie es Geheimdienstbehörden im NSU-Skandal getan hatten.

Der Biologielehrer Wilhelm Munske war selbst für die Direktion der Alten Landesschule irgendwann nicht mehr tragbar gewesen. Er hatte Schüler mit einem schweren Schlüsselbund geschlagen und sie damit am Kopf verletzt, was die Eltern sogar in dem untertänigen Korbach auf die Palme gebracht hatte und intervenieren ließ. Wilhelm Munske war schließlich nach außerhalb des Landkreises strafversetzt worden. Allerdings nur für wenige Jahre. Dann hatte man ihm sein altes Revier wieder zugewiesen.

Etliche Beschwerdebriefe lagen der Akte bei, mit Namen und Adressen von Eltern und Schülern. Sie zeugten von nicht geringem Zorn. Sollte darin der Grund zum Hass auf den Rentner liegen? Doch konnte dies so weit gehen, dass noch nach Jahrzehnten ein Rachemord geschah?

Und was war mit Leonhard Nick? Aus dessen Akte ergaben sich keine Auffälligkeiten. Warum dann wurde auch dieser Lehrer derart hingerichtet? Wie auch immer – wenn die noch lebenden Eltern und Schüler aufzutreiben waren, sollten Cem Doğan und sie, Irene Falter, dieser Spur nachgehen.

Irene Falter telefonierte eine Weile. Dann suchte sie im Netz nach Adressen, nahm eine Straßenkarte zu Hilfe, zog ihre Motorradkombi an und setzte sich auf ihre Aprilia Moto 6.5. Es war Mai, das Wetter trocken und zu schade, um in ihren alten japanischen Kleinbus zu steigen. Seit etlichen Jahren fuhr sie nun den raren italienischen Einzylinder aus der Schmiede in Noale, der 1995 als Designstück gebaut worden war und in seiner optischen Ästhetik viele aktuelle Motorradmodelle schlug, die bereits ab Werk aussahen, als hätten sie Frontalunfälle mit drei Mähdreschern hinter sich.

Bad Brückenau in der bayerischen Rhön beherbergte eine Fastenklinik. Und gleichermaßen verhungert sah der Ort aus, der auch Jahrzehnte nach der Einverleibung der DDR den Eindruck machte, als läge er nach wie vor in einer von Vernachlässigung gebeutelten Grenzregion. Viele Geschäfte und Häuser standen leer, und Kurorten wie diesem mangelte es seit dem rigorosen Sozialabbau eines Autokanzlers an Gästen und Patienten, deren Heilung die Krankenkassen nicht mehr bezahlten.

Auch die Straßen des Städtchens waren in einem Zustand, den man früher der DDR vorgeworfen hatte. Mitten im Ort war die B 27 aufgerissen, und von den Fahrzeuglenkern wurde verlangt, dass sie wenden und einen gewaltigen Umweg über Züntersbach und Oberzell fahren sollten. Dabei war auf der Baustelle weit und breit kein Arbeiter zu sehen, nur ein führerloser Kleinbagger stand depressiv im Schotter.

Jojo hatte vor dem Schild mit dem roten Kreis angehalten. In ein paar hundert Metern konnte er das Ende der Baustelle erkennen. Sollte er tatsächlich umdrehen? Ach was, die Montesa hatte ein paar Enduro-Gene geerbt, und von ein wenig Kies würde er sich nicht abschrecken lassen, schon gar nicht von Durchfahrts-Verboten. Er schaute sich um. Kein weißblaues Auto war zu sehen. Also Gas!

Der Split spritzte und prasselte, als die Montesa hindurchpflügte, Jojo schaltete in den Dritten. Oha, was war das? Vor ihm tat sich eine gewaltige Senke auf, aus der ein fettes Kanalrohr herauslugte. Es war zu spät zum Bremsen, auf Schotter sowieso. Jojo stellte sich in die Rasten, riss das Vorderrad am Lenker in die Höhe, als er über die Stufe stob, flog mitsamt der Maschine ein paar Meter durch die Luft und kam mit dem Hinterrad auf dem runden Betonrohr auf, sodass das Federbein auf Anschlag ging. Das Motorrad rutschte seitlich von der Röhre ab und schoss, noch immer voller Energie, weiter voran wie ein Projektil. Jojo versuchte, durch Gewichtsverlagerung auszugleichen, da kam das Ende der Senke auf ihn zu, eine steile Wand aus Kies und Lehm. Jojo beugte sich nach vorne über den Lenker, riss das Gas bis zum Anschlag auf, dass der Motor schrie, der Stollenreifen des Hinterrades fraß sich in den losen Untergrund, die Montesa schoss den Hang hinauf, über die Kante hinweg, flog zwei Meter und landete wieder auf dem Boden.

Die Aktion hatte einen Großteil der Bewegungsenergie abgebaut, die Maschine rollte nach dem Ende der Baustelle aus und blieb stehen. Jojo zitterte, sein Herz klopfte wie wild, es pochte ihm in den Ohren, und seine Haut kribbelte am ganzen Körper vor Adrenalin. Scheiße, das hätte richtig schiefgehen können!

Drei junge Kerle mit Metzgerkappen standen am Straßenrand, applaudierten und johlten. Ja, dachte Jojo, so etwas erlebt ihr nicht jeden Tag in eurem verschlafenen Nest! Er traute sich nicht abzusteigen, da seine weichen Knie nachgegeben hätten. Und es wäre ja zu peinlich, würde er sich jetzt, nachdem alles vorbei war, mitsamt dem Motorrad hinlegen! So wartete er ein paar Minuten, bis er sich in der Lage fühlte weiterzufahren. Doch nur wenige hundert Meter nach dem Ort steuerte er einen Parkplatz an, stellte die Maschine ab und setzte sich daneben ins Gras.

„Mann", sprach er zu sich selbst, „pass besser auf, du Idiot! Musst du alter Sack es noch immer allen beweisen?" Er blickte zu der Montesa auf und streichelte ihr über den Seitendeckel. „Gut gemacht, altes Mädchen!", sagte er. „Aber nochmal brauchen wir das nicht, was?"

Stralsund. Wie soll er jetzt die restlichen zwanzig Kilometer weiterkommen? Taxi scheidet aus. Ein Bus? Da hängt ein Fahrplan! Nur zu wenigen Zeiten fährt der Bus. Eine runde halbe Stunde dauert die Fahrt. Wie er wieder zurückkommen kann, ist aus dem Plan nicht zu ersehen. Er muss es von der letzten Fahrt aus hochrechnen. Hoffentlich fährt der Bus nicht von dort aus ins Depot, sondern zurück an den Hauptbahnhof. Er müsste den Fahrer fragen. Doch dann könnte der sich später an ihn erinnern.

Die Zeit drängt, er muss es versuchen. Wird er alle seine Ziele noch erreichen können?

Er wartet eine Dreiviertelstunde. Der Bus kommt, er steigt ein. Als sie die Kriegsgräberstätte passieren, nimmt er eine Tablette.

An der Endstation stehen ein paar Wohnmobile. Er orientiert sich am Aushangfahrplan. Ja, drei Stunden müssten reichen. Der letzte Bus in die Stadt zurück fährt um halb vier. Dann muss er aber einmal umsteigen. Egal.

Er geht die paar Schritte zum kleinen Hafen. Idyllische Kulisse. Ein Fischkiosk steht am Rand. Wie wär's mit ei-

nem Herings- oder Krabbenbrötchen? Er entscheidet sich
für eines mit geräuchertem Flunderfilet. Am Stehtisch
isst er es auf. Ein kleines Mädchen sieht ihm aufmerk-
sam zu. Als er fertig ist, dreht er sich um und geht den
schmalen Weg hinauf. Das Klinkerhaus muss es sein!

Er holt die Mütze aus der Tasche, setzt sie auf, klingelt. Wartet eine Weile, schaut sich um. Niemand zu
sehen. Klingelt noch einmal.

Aus dem Haus dringen Geräusche. Jemand schlurft
zur Tür. Eine alte Frau öffnet. „Ja, bitte?"

„Frau Heltdorf?"

„Ja, was gibt's?"

„Ist Ihr Mann zuhause? Ich hätte hier ein Einschrei-
ben für ihn."

„Einen Augenblick. Er liegt gerade auf dem Sofa.
Mittagsschlaf." Sie dreht sich um. „Hannes?", ruft sie.
Und nochmal: „Hannes?"

„Ja, was ist?", kommt es schlaftrunken von hinten.

„Ein Brief für dich!"

Sie geht ein paar Schritte ins Haus hinein.

Er folgt ihr, schließt die Tür hinter sich. Schade, gegen sie hat er nichts. Aber sie wird wohl dabei sein
müssen. Immerhin hat sie das Schwein ja einmal
geheiratet. Und ist bei ihm geblieben. Obwohl sie sicherlich alles gewusst hat. Er wird es dennoch kurz
mit ihr machen. Im Gegensatz zu dem, der dort gerade vom Sofa aufsteht. Doch sie ist zuerst dran. Dann
kann er sich in Ruhe dem Mann auf dem Sofa wid-
men. Er greift in die Tasche.

Vier

W alker."

"Jonas Jordan hier, ich grüße dich."

"Jojo, hallo! Bist du gut nach Hause gekommen?"

"Das bin ich, Traudel, und schon wieder unterwegs. Ich bin in der Nähe von Fulda. Meinst du, ich könnte bei dir vorbeischauen?"

"Heute? Warte mal – ja, das müsste passen. Wann möchtest du kommen?"

"In einer Stunde?"

"Haut hin!"

Jojo ließ sich die Adresse geben. Er war erst am nächsten Tag mit Claudia verabredet; vielleicht wüsste Traudel, wo er in der Nähe günstig übernachten könnte.

Er schaltete sein Handy aus – er besaß noch eines dieser antiken Teile, mit denen man lediglich telefonieren konnte. Dafür hielt der Akku ewig und musste nur alle halbe Jahre geladen werden. Jojo konnte Smartphones nicht leiden, diese tastenlosen Schminkspiegel, mit denen jeder Depp autistisch herumlief. Ihm fielen die Zeilen ein, die er jüngst in einem Heidelberger Linienbus gelesen hatte. Er hatte sie auswendig gelernt:

„Du denkst: Nanu?, und sitzt im Bus,
hab ich vielleicht schon Tinnitus?
Doch nein: Links, rechts und überall
leidet der Mensch an Sprechdurchfall.

Die Handyseuche ist der Grund
für Logorrhoe und Ohrenwund.
Konversation ist oft schon kritisch,
und hier wirkt sie meist parasitisch."

Ihm war es egal, ob man ihn zurückgeblieben oder ewiggestrig schimpfte, er hatte weder Zeit, Geld noch Lust, jeder schwachsinnigen Mode hinterherzurennen. Ganz abgesehen davon, dass der Bürger mit jedem technischen Schnickschnack immer gläserner wurde. Es hieß, dass es mittlerweile sogar Fernseher gab, die heimlich, auch wenn sie ausgeschaltet waren, alle Geräusche im Wohnzimmer an dubiose Stellen sendeten. Von Smartphones war dies ohnehin schon länger bekannt. Nein, solch ein Gerät zum Schnüffeln bis in die Unterhose kam ihm nicht ins Haus!

Er saß wieder auf. Nach ein paar Metern begann der Motor der Montesa zu stottern. Jojo schaltete auf Reserve, die Maschine fiel erneut in ruhigen Lauf.

Jojo steuerte eine Tankstelle an. Oha, billig war das Benzin hier in Fulda nicht! Na, bei dem Verbrauch des Motorrads von nicht einmal fünf Litern hielten sich die Kosten in Grenzen. Wobei sich Jojo an seinen Renault 4 erinnerte, der vor Jahrzehnten nur um die vier Liter benötigt hatte. Hatte er deshalb „R4" geheißen? Heute gab es kein Auto mehr mit diesem niedrigen Verbrauch. Stattdessen sannen die Regierenden über Fahrverbote und Strafsteuern nach. Welch Fortschritt, welch planlose Zeit!

In der Tankstelle hing ein Stadtplan von Fulda. Jojo suchte nach Traudels Adresse. Gleich bekommst du Besuch, Frau Staatsanwältin!

Unsere Tochter hat es nicht mehr ausgehalten." Frau Neuenhag blickte zu Boden und schüttelte den Kopf. "Stellen Sie sich vor", sagte sie zu Irene Falter, "der Munske hat den Mädchen unter die Röcke gegriffen, angeblich, um dort nach Spickzetteln zu suchen!"

In Irene Falter stieg schon seit Beginn des Berichts der Eltern Empörung auf. Sie musste an sich halten, um nicht zu schreien. Was für ein Ekel musste dieser Munske gewesen sein! Sie ertappte sich dabei, den sadistischen Mord mittlerweile in milderem Licht zu sehen. Durfte sie das? Sie war Polizistin und auf Recht und Gesetz verpflichtet. Und danach waren Selbstjustiz und Lynchmord tabu, selbst wenn es die übelsten Verbrecher betraf.

"... Hosen an", meinte Herr Neuenhag.

Irene schrak auf – sie hatte nicht zugehört. Sie bat um Entschuldigung: "Könnten Sie das noch einmal wiederholen?"

"Ich sagte, dass alle Schülerinnen nur noch Hosen anzogen, keine Röcke. Heute mag das ja üblich sein, aber damals in den sechziger Jahren erregte das schon mal Aufsehen, vor allem hier in der Provinz."

"Wir haben uns bei der Schulleitung beschwert", fuhr Frau Neuenhag mit dem Bericht fort, "aber Direktor Weichmann meinte, wir würden uns nur aufspielen. Munske machte einfach weiter. Rita wurde immer häufiger krank. Und wenn sie in die Schule musste, übergab sie sich fast jeden Morgen."

Ihr Mann hatte unbewusst die Fäuste geballt, sodass die Knöchel weiß hervortraten. „Wie kann eine solche Kreatur bei uns Lehrer werden? Wir haben uns dann an andere Eltern gewandt, deren Kinder ebenfalls unter Munske litten. Es war schwer, glauben Sie uns, die zum Mitmachen zu bewegen. Hier kuscht doch jeder! Aber schließlich hatten wir fünf Familien zusammen, die sich an die Öffentlichkeit wandten."

„An die Zeitung?", fragte Irene Falter.

„Doch nicht an die hiesigen Dorfblättchen!", winkte Herr Neuenhag ab. „Deren Redakteure stecken doch alle tief in den Enddärmen der Provinzfürsten. Und dazu gehören eben auch Studienräte."

„Wir haben an den *Wochenblick* geschrieben", berichtete die Frau.

Der *Wochenblick* war ein bundesweit bekanntes Hamburger Magazin, das im Ruf stand, Skandale aufzudecken.

„Tatsächlich kamen zwei Journalisten von denen zu uns und haben uns einen Nachmittag lang ausgefragt."

„Und dann erschien ein Artikel darüber?", wollte die Kommissarin wissen.

„Nein, nie!", erwiderte die Frau. „Das hatten wohl Seilschaften höheren Orts verhindert. Aber immerhin schienen die Wochenblick-Leute beim hessischen Kultusministerium nachgefragt zu haben, und dort hielt man es vermutlich für besser, Munske eine Weile aus der Schusslinie zu nehmen. Das ist ja dann auch geschehen."

„Aber später kam er wieder zurück an die Korbacher Schule", stellte Irene Falter fest.

„Ja, aber da war Rita nicht mehr in seiner Klasse. Ihr ging es besser, und sie konnte ihr Abitur machen."

„Andere Schüler mussten aber unter Munske leiden", warf Irene Falter ein.

„Das mag sein. Wir waren jedoch froh, dass unsere Tochter ihn vom Hals hatte."

„Waren Sie denn gar nicht mehr wütend auf den Kerl?"

Herr Neuenhag überlegte. „Natürlich. Und ich will nicht behaupten, dass ich übermäßiges Mitleid für seinen Tod empfinde. Aber er war ja nicht der Einzige."

„Wie meinen Sie das?"

„Na ja, es war kein großes Geheimnis, dass etliche dieser Lehrer unfähig waren ..."

„... und Lehrerinnen!", ergänzte seine Frau.

„Da wären wir doch überfordert gewesen", meinte Herr Neuenhag, „wenn wir versucht hätten, die Schule schließen zu lassen. Was im Grunde die beste Lösung gewesen wäre."

Irene Falter behielt ihre Erkenntnis aus den Akten für sich, dass es an anderen Lehranstalten offenbar auch nicht besser gelaufen war. Was musste das damals für eine Atmosphäre gewesen sein? Hatte sie selbst in Bad Mergentheim denn eine bessere Schulzeit gehabt? Ja, durchaus! Natürlich hatte es dort auch Konflikte gegeben, und manche der Pädagogen waren Armleuchter. Im Großen und Ganzen aber konnte sie zufrieden sein.

Sie bemerkte, dass das Ehepaar Neuenhag sie bereits seit einer Weile anschaute und wohl auf weitere Fragen wartete.

„Wie geht es denn Ihrer Tochter heute?", fragte sie.

Die alte Frau lächelte. „Rita ist in Münster verheiratet und hat drei Kinder. Die sind natürlich inzwischen auch schon groß. Ich denke, sie hat das Trauma ihrer Schulzeit halbwegs verwunden. Man hat es nur manchmal gemerkt, wenn sie wütend in die dortige Schule gerannt ist und die Lehrer zur Rede gestellt hat, wenn einem ihrer Kinder Unrecht getan worden ist. Da konnte sie kämpfen wie eine Löwenmutter."

„Einmal", erinnerte sich Herr Neuenhag, „hat sie sogar eine Lehrerin vor deren Haustüre abgepasst. Es kam zum Wortwechsel, und dann ist Rita auf die Frau losgegangen. Es gab ein Handgemenge, und am Ende hatte die Frau zwei gebrochene Finger und eine blutige Nase." Er grinste und schien stolz auf seine Tochter zu sein.

Irene Falter stutzte: „Und da folgten keine Konsequenzen?"

„Nein, die Lehrerin ließ sich zunächst krankschreiben und gab dann ganz ihren Beruf auf."

Also, überlegte die Polizistin, wurden gedemütigte Schülerinnen und Schüler auch durchaus einmal gewalttätig. Aber reichte der Zorn für einen Mord, gar für zwei Morde nach Jahrzehnten? Und was war mit den alten Eltern?

„Sie sagten, dass Wilhelm Munske nicht der Einzige gewesen ist, der die Schüler traktiert hatte. Können Sie sich denn an Namen von anderen Lehrern erinnern?"

„Ja, da waren zum Beispiel Freidank und Heltdorf", überlegte Neuenhag. „Wie hieß denn noch dieser Fettkloß?", fragte er seine Frau.

„Pudel oder so ähnlich. Und da war natürlich noch Nick. Das soll ja der Mann gewesen sein, den sie hier am Berndorfer-Tor-Platz gefunden haben."

„Nick?", fragte Irene Falter. „Ich hörte, der war beliebt?"

Der Mann lachte kurz auf: „Ja, vielleicht bei seinesgleichen. Und bei den Dackelzüchtern. Er war auch nicht gewalttätig oder übergriffig. Aber er war ein Zyniker. Er konnte Schüler mit Worten total fertigmachen."

„Einmal hat er sich bei einem Elternabend verplappert", ergänzte Frau Neuenhag. „Als sich eine Mutter über seinen Stil beschwerte, meinte er: ‚Das ist der einzige Stil, der Erfolg hat. Kindern muss das Rückgrat gebrochen werden!'"

„Ein starkes Stück!", meinte Irene Falter. „Können Sie sich denn vorstellen, wer einen solchen Hass auf Wilhelm Munske und Leonhard Nick gehabt haben könnte, dass er oder sie zum Messer griff?"

Herr und Frau Neuenhag sahen sich an. Dann antwortete der Mann langsam: „Freunde hatten die jedenfalls keine. Aber Todfeinde? Ich könnte mir höchstens Nicks Ex-Frau vorstellen. Die muss er behandelt haben wie den letzten Dreck."

„Erzähl doch mal die Geschichte mit den Dackeln", bat Frau Neuenhag ihren Mann.

„Welche Dackelgeschichte?", wollte Irene Falter wissen.

„Ach, Nick hatte doch neu gebaut. Und wollte die Zimmermanns-Rechnung nicht bezahlen. Das ging dann ja auch vor Gericht."

„Was sich nun erledigt hat", warf seine Frau ein.

„Jedenfalls hat Nick Dackel gezüchtet. Das war sein Hobby. Und eines Tages lagen zwei der Hunde mit durchgeschnittenen Kehlen in seinem Garten. Es wird spekuliert, dass das Leute von dem Zimmereigeschäft gewesen sein sollen. Aber es konnte nichts bewiesen werden, und später wurde der Fall eingestellt. Morde an Tieren gelten ja strafrechtlich nur als Sachbeschädigung."

Die Hauptkommissarin hatte keine Fragen mehr und verabschiedete sich, nicht ohne das Paar zu bitten, erreichbar zu bleiben.

„Keine Sorge, in unserem Alter verreist man nicht mehr groß."

Pressesprecherin." Traudel grinste.

„Bitte?", staunte Jojo. „Du bist Staatsanwältin und gleichzeitig Sprecherin eurer Behörde? Erledigen das nicht normalerweise irgendwelche Verwaltungsangestellte?"

„Nein, das ist ein verbreiteter Irrtum. In aller Regel sind bestimmte Berufskollegen Pressesprecher. Meist wird dafür jemand herausgedeutet, der ungern Anklageschriften vorbereitet, weil das mit Recherche und viel Arbeit zusammenhängt."

„Und du", folgerte Jojo, „hast keine Lust darauf."

„Nicht auf diese Art von Arbeit. Der Job einer Pressesprecherin ist allerdings durchaus mit Anstrengung verbunden. Du musst über alle aktuellen Fälle informiert sein, pflegst Kontakte zur Polizei, zu den Medien, Anwälten und anderen Staatsanwaltschaften, hast dich in juristischen Fragen auf dem neuesten Stand zu halten und so weiter."

Traudel hatte für sie beide ein einfaches, deftiges Abendessen bereitet, das traditionsreiche nordhessische **„Duckefett"**. Nun saßen sie in bequemen Sesseln auf der Terrasse. Die Luft war nach den langen kalten Regentagen deutlich milder geworden, wenn sie auch noch keine T-Shirt-Temperaturen erreicht hatte.

„Darf ich dir einen Whisky anbieten?"

„Danke, nein", wehrte Jojo ab, „ich muss ja noch fahren. Kannst du mir übrigens einen netten Gasthof empfehlen?"

„Kann ich. Aber wenn du magst – wir haben ein ebenso nettes Gästezimmer."

Das nahm Jojo gerne an, lehnte jedoch weiterhin Whisky ab. „Wenn du aber einen Martini hättest?"

„Mit Eis? Geschüttelt oder gerührt?" Traudel lächelte erneut.

„Geschüttelt!", meinte Jojo mit tiefer Stimme. „Mein Name ist Jo. Jojo. Und ich hab die Lizenz zum Löten!" Beide lachten.

Die Eingangstür klappte.

„Das wird Norbert sein", vermutete Traudel. Ihr Mann war Orchestermusiker und daher häufig unterwegs.

Ein schlanker Mann betrat die Terrasse. Er schüttelte Jojo herzlich die Hand und entschuldigte sich dann für ein paar Minuten: „Ich will den Kulturstrick loswerden und aus der Rüstung raus." Offenbar meinte er Krawatte und Anzug.

„Ihr seid verheiratet?", wollte Jojo wissen, als sie zu dritt auf der Terrasse saßen, jedes ein Glas in der Hand.

„Ja, ich habe Traudels Namen angenommen", entgegnete Norbert. „Ich hieß früher Schniedel, und das führte regelmäßig zu peinlichen Prustern, wenn ich ihn angeben musste."

„Gut, dass Traudel nicht Langer heißt und du dann einen Doppelnamen angenommen hast!" Jojo konnte mal wieder seinen Kalauerschnabel nicht halten und bereute dies sofort.

Doch beide Gastgeber lachten aus voller Kehle und schienen Jojos Respektlosigkeit nicht ernst zu nehmen. „Dann schon lieber Johnnie Walker", meinte Norbert.

„Habt ihr Kinder?", fragte Jojo weiter nach.

Traudels Lächeln erstarb, und sie kniff die Lippen zusammen. „Nein", meinte sie nur kurz angebunden.

Jojo begriff, dass er nicht weiter nachfragen durfte, und so wechselte er das Thema.

„Wie weit ist Hessisch Lichtenau von Fulda entfernt?"

„Das wird so um die hundert Kilometer sein."

„Gehört das noch zu deinem Gebiet?"

„Nein, dafür ist Kassel zuständig. Warum fragst du?"

„In HeLi wurde noch ein Lehrer ermordet, der uns mal unterrichtet hat."

„Noch einer? Ja, ich habe von dem Mord gehört. Aber dass es ein alter Pauker von uns war, wusste ich nicht. Wer denn?"

„Munske."

„Wilhelm Munske, das Arschloch?" Offenbar hatte auch Traudel Walker unter dem Bio-Lehrer gelitten. Jojo erzählte ihr alles, was er von Irene über den Mord erfahren hatte.

Die Sonnenscheibe war hinter dem Horizont verschwunden, und es wurde kühler. Die drei wech-

selten von der Terrasse auf die gemütliche Sitz-
gruppe im Wohnzimmer.

„Und nun will ich wissen", griff Jojo den Faden
wieder auf, „ob noch mehr Studienräte auf der Liste
des Täters stehen. Ich bin Journalist und berufsbe-
dingt neugierig, zumal, wenn es sich um alte
Bekannte handelt."

Norbert begriff. „Und jetzt willst du von Traudel
Näheres erfahren, weil sie eher an Insider-Informationen kommt?"

„Na ja", gab Jojo zu, „ich habe zwar Kontakt
zu Cem Doğan und Irene Falter von der Kasseler Mordkommission und bekomme so einiges mit.
Aber alles dürfen die mir auch nicht erzählen. Aber
du, Traudel, verfügst doch über Kontakte und bist
außerdem quasi neutral, weil beide Tötungen nicht
in deinem Bezirk liegen."

Edeltraud Walker schwieg und blickte in ihr Glas.
Dann meinte sie: „Du glaubst also, wir haben es mit
einem Serienkiller zu tun, der noch weitere Korbacher Pädagogen umlegen wird? Das könnte aber
doch auch Zufall sein und wurde womöglich von
zwei verschiedenen Tätern verübt, die gar nichts
miteinander zu tun haben."

„Könnte. Aber das will ich ja gerade herausfinden.
Würdest du mir helfen?"

In Traudel stiegen Erinnerungen hoch. Wilhelm
Munske, dieser – obwohl er damals noch recht jung
war – nach Altmännerschweiß stinkende Ekel-

brocken. Sigwart Heilmann, hämisch grinsend und hinterlistig. Und schließlich die Englischlehrerin Brigitte-Johanna Sirius-Vogelsang, wegen der sie, Traudel, damals von der Schule gegangen war, nein, gegangen *worden* war!

Traudel hatte eine traurige Kindheit gehabt. Die Mutter erkannte ihre Tochter oft nicht, wenn sie sich wieder einmal ins Delirium gesoffen hatte. Und der Vater war nur ein Schemen, kaum, dass sie ihn einmal bei Besuchen in der geschlossenen Abteilung sah. Sie hatte früh erwachsen und selbstbewusst werden müssen. Und diese Schule, zuerst in einem alten Kloster, dann in einem hässlichen Betonbunker untergebracht, hatte mit ihren desillusionierten Lehrern den Alltag eher noch düsterer gefärbt. *Paint it black!*, wie es in einem alten Stones-Titel hieß. Traudel war jung gewesen. Jung, lebensdurstig und verzweifelt.

Und dann war eines Tages Norbert erschienen und hatte sie da herausgeholt. Was wäre sonst aus ihr geworden? Jahre später erst hatte sie erkannt, dass er sie damals vor einem Suizid gerettet hatte. So war es nur zu einem Versuch dazu gekommen.

Unzählige Male hatten sie beide die alte Musikanlage aufgedreht, wenn Eric Burdon mit seiner heiseren, zornigen Stimme sang:

We gotta get out of this place,
if it's the last thing we ever do.
We gotta get out of this place –
girl, there's a better life for me and you.

Sie bemerkte nicht, dass ihr plötzlich Tränen liefen. Die beiden Männer schwiegen, und Jojo wagte kaum zu atmen. Norbert, der sie kannte wie kein anderer, setzte sich neben Traudel, nahm sie in den Arm und wiegte sie sanft.

„Ja", flüsterte sie schließlich. „Ja, ich werde dir helfen. Und wenn es das Letzte ist, was ich tue." Und sie dachte dabei nicht an den Mörder.

E in Fax für Sie!" Der junge Beamte legte das Blatt vor Cem Doğan auf den Schreibtisch, drehte sich um und verschwand so leise, wie er gekommen war. Der Oberkommissar überflog es. Ein Amtshilfeersuchen. Da hatte es in Mecklenburg-Vorpommern einen Überfall mit einem Toten und einer Schwerverletzten gegeben. Wo war das geschehen? In Stralsund? Nein, dort saß lediglich die Polizeiinspektion, wie der Briefkopf verriet. Hier stand es vielmehr: Barhöft.

Barhöft? Nie gehört. Cem Doğan gab es im Fenster von GockelCraps ein. Aha, ein winziger Hafen an der Ostsee, gegenüber von Rügen. Sah ganz idyllisch aus.

Und was wollten die Kollegen nun von ihm? Sie hatten die Opfer identifiziert. Ein altes Ehepaar. Die beiden stammten ursprünglich aus Nordhessen. Aus Korbach. Und er, Cemalettin Doğan, sollte nun Informationen aus deren Vergangenheit zusammentragen, damit sich die Stralsunder Kollegen eine Vorstellung vom Motiv des Täters machen konnten. Und damit genauer nach ihm suchen konnten. Der war nämlich spurlos verschwunden.

Wie hieß das Paar? Johannes und Hermine Heltdorf. War seine Mit-Sokeuse Irene Falter nicht nach Korbach gefahren, um Zeugen zu befragen? Das mit den Heltdorfs könnte sie ja gleich mit erledigen. Wenn sie noch dort war.

Cemalettin Doğan griff zum Telefon.

Fünf

Irene Falters Handy miaute. Kurz bevor sie des „Trompetenkonzerts in Es-Dur" von Joseph Haydn überdrüssig geworden war, hatte sie sich den Minitiger-Klingelton heruntergeladen, der sie an ihre beiden verblichenen Katzen Oktober und November erinnerte.

Sie drückte den grünen Knopf. Cem Doğan informierte sie über das Gewaltverbrechen in Barhöft und bat sie um Recherche zu dem Ehepaar Heltdorf. Doch noch bevor das Gespräch beendet war, brach die Verbindung ab.

„Hallo? Hallo, Cem? Bist du noch dran?" Nur ein leises Piepsen war zu hören, dann nichts mehr. Die

Polizistin blickte auf das Display. Akku leer! Ja, so ein Mist! Sie hatte vergessen, das Smartphone aufzuladen, und nun musste sie eines der seltenen öffentlichen Telefone suchen, um erfahren zu können, ob ihr Chef noch weitere Mitteilungen für sie hatte.

Sie blickte sich um. Sie stand in der Lengefelder Straße vor dem Verwaltungsgebäude der *Feldhühnerchen-Post*. Bitte? Was war das für ein komischer Name für eine Zeitung?

Wie sollte die Kommissarin aus Tauberfranken auch wissen, dass den Korbachern der Spitzname anhing, seit sie vor vierhundert Jahren im Streit mit einem Feudalherrn lagen, der ihnen das Jagdrecht auf Rebhühner nahm? Immer ging es in Waldeck um Zank, seien es Alt- gegen Neustädter, Bürger gegen Grafen, Stockkonservative gegen ausländische Restaurants, Korbach gegen Arolsen, Frankenberg gegen Korbach, Traditionalisten gegen den Neubau des Heimatmuseums. Und vor achtzig Jahren die Provinzhitler gegen Andersgläubige. Korbach war ein tiefbraunes Nest gewesen. Und heute?

Irene Falter trat ein, bat, telefonieren zu dürfen und wählte die Nummer der Kasseler Polizeidirektion. Bevor sie sich von dem Kollegen in der Zentrale mit Cem Doğan verbinden ließ, fiel ihr ein, dass Jojo sie gebeten hatte, ihn auf dem Laufenden zu halten. Doch wie sollte sie ihn erreichen, nun, da ihr Mobiltelefon mangels Strom stumm blieb und sie seine Nummer nur dort gespeichert hatte? So bat sie den Kollegen am anderen Ende der Leitung, für den Journalisten Jonas Jordan etwas zu notieren, falls dieser anriefe.

„Hast du mich aus der Leitung geworfen?", wollte Cem Doğan sogleich wissen, als sie verbunden worden waren. „Und danach dein Handy ganz ausgeschaltet? Ich habe versucht, dich nochmals zu erreichen – nur die Mailbox."

Irene Falter konnte ihren Chef aufklären. Und der meinte, er habe ja ohnehin alles gesagt.

„Nein, noch etwas, Irene: Ich habe den Revierleiter in Korbach gebeten, dir Kollegen als Hilfe bei der Recherche zu Heltdorfs zur Seite zu stellen. Ich denke mir, dass ihr mit einigen Leuten sprechen müsst, und das klappt meist schneller zu dritt."

Es waren nur wenige Meter von der *Feldhühnerchen-Post* zur Korbacher Polizeidirektion. Der Motor von Irene Falters Aprilia hatte keine Gelegenheit, auch nur annähernd warm zu werden.

Personelle Hilfe bei der Recherche nach Korbachern, die bereits vor vielen Jahren fortgezogen waren?, fragte sich Welteke. Und das während des Hessentags, wo jeder Beamte und jede Beamtin gebraucht wurde, um Alkoholschlägereien zu schlichten, Belästigungen nachzugehen und Diebstähle aufzuklären? Die Demonstration gegen die Anwesenheit der Bundeswehr auf dem Hessentag wurde zwar größtenteils von der Bereitschaftspolizei in

Schach gehalten, doch die Korbacher Kollegen mussten zur Verfügung stehen und zumindest den Verkehr regeln. Welteke schüttelte genervt den Kopf.

„Ja, ich weiß, Frau Kollegin, Doğan hat mich um Hilfe gebeten. Aber soll ich mir Menschen aus den Rippen schneiden? Das hat vielleicht mal im Paradies funktioniert", grinste er erschöpft, „aber dort sind wir derzeit nicht."

Das stimmte allerdings. Irene Falter sah es ein, bedankte sich und wandte sich zum Gehen. Dann musste sie eben alleine in verstaubten Akten schnüffeln und senile Zeitzeugen befragen. Sie hatte die Hand bereits auf die Türklinke gelegt, da rief Welteke sie noch einmal zurück.

„Warten Sie! Vielleicht könnte ich Ihnen doch zwei Kollegen abstellen."

Irene Falter hob die Augenbrauen. Nun plötzlich?

„Na ja", wand sich der Beamte, „sie sitzen eigentlich nur im Polizeizelt. Und da hat's ja wirklich genügend Kollegen, die auf sich selber aufpassen können." Er lachte verlegen. Er beschrieb ihr den Weg zum Obermarkt und nannte die Namen. „Sie können sie gar nicht verfehlen – einer ist spindeldürr und der andere, wie soll ich sagen, etwas fülliger. Sie sitzen beide am Rande an der Zeltwand." Wenn Kuminz nicht gerade wieder die Metzgerei überfällt, dachte er bei sich, sprach es aber lieber nicht aus.

Hessisch Lichtenau wurde zur Feier des Hessentags zwölf Jahre zuvor mit Unterstützung durch Landesgelder noch idyllischer herausgeputzt, als es ohnehin schon gewesen war. Wie in vielen hessischen Städtchen glänzte in der Altstadt im Ring zwischen Burg- und Kirchstraße ein Fachwerkhaus neben dem nächsten.

Bevor Jojo das Bistro betrat, in dem er sich mit Claudia Dunkmann verabredet hatte, zögerte er. Er hatte große Lust, auf eigene Faust weiter an den Mordfällen zu forschen. Doch hatte ihm die Hauptkommissarin nicht gedroht, in dem Fall die Zusammenarbeit aufzukündigen? Sollte er sie nicht lieber darüber informieren, was er vorhatte? Er griff zum Mobiltelefon und drückte Irenes Nummer.

„Hier ist die Mailbox von Irene Falter", hieß es am anderen Ende. „Bitte sprechen Sie nach dem Piep."

Irene hatte ihr Handy ausgeschaltet? Das kam ja nur alle Jubeljahre vor. War sie in einer Besprechung? Das konnte natürlich sein. Jojo rief in der Kasseler Zentrale an.

„Herr Jordan", meinte der diensthabende Beamte, „ich habe hier eine Notiz von Hauptkommissarin Falter für Sie." Er las vor: „Falter zurückrufen wegen Klose."

Klose? Darauf konnte sich Jojo keinen Reim machen. War Miroslav Klose gemeint, der Fußballspieler? Doch was hatte er als unsportlichster Mensch des Planeten mit Kickern zu tun? Oder etwa Hans-Ulrich Klose, jener Spezialdemokrat und Oberbefehlshaber Hamburgs vor 30 Jahren? Es half nichts, er musste Irene direkt erreichen. Doch nach wie vor meldete sich nur ihre Mailbox. Jojo zuckte mit den Schultern: Die Kommissarin hatte zwar darauf bestanden, dass er Aktionen nur mit ihrer Zustimmung durchführen durfte; doch wenn sie nicht erreichbar war? Sollte er womöglich tagelang warten, bis Frau Falter gnädig geruhte, ihr Handy wieder einzuschalten? Dazu war er nicht bereit. Außerdem hoffte er, sogleich Unterstützung von Claudia zu erhalten, die er in wenigen Minuten treffen wollte. Entschlossen steckte er sein altes Mobiltelefon ein und wandte sich dem Bistro zu.

„Was führt dich so schnell wieder zu mir?", wollte Claudia wissen. „Und was ist so wichtig, dass du es mir nicht am Telefon erzählen kannst?"

Die Antwort verzögerte sich, weil sie und Jojo zunächst ihre Bestellung aufgeben mussten. Die Speisekarte schlug ein recht ungewöhnliches Gericht vor: **Topinambur-Suppe**. Topinambur, die Süßkartoffelknolle, wurde einst ebenso wie die normale Kartoffel aus Südamerika eingeführt. Da sie schöne Blüten bildet, wird sie gern als Zierpflanze genutzt. Aus den Knollen stellen einige Brennereien Schnaps her, doch sie können auch als Gemüse oder Salatzugabe verwendet werden. Hier in HeLi gaben sie die Grundlage für eine kräftige Suppe, deren intensiver Eigengeschmack mit Kokosmilch gedämpft wurde.

Claudias Frage hatte Jojo nicht vergessen. Doch er stellte eine Gegenfrage: „Wie bist du in der nächsten Zeit verplant?"

„Gar nicht. Du weißt ja, dass ich mir meine Arbeit recht frei einteilen kann. Als nächstes müsste ich zum Backenberg. Der liegt bei Göttingen und ist ein altes Basalt-Gebiet. Aber das hat Zeit. Warum fragst du?"

Jojo erzählte ihr von den Morden in Korbach und HeLi. „Beide Opfer waren Ex-Lehrer von unserer Schule. Dazu will ich hier in der Stadt recherchieren. Angeblich gab es keine Zeugen der Tat, was ich mir nicht vorstellen kann. Würdest du mir dabei helfen?"

Claudia dachte zurück. Vor einigen Wochen hatte sie sich gegen eine Horde Burschenschafter durchgesetzt, die Jojo am Strick hinter einem Motorrad hatten herschleifen wollen. Durch ihr burschikoses, unerschrockenes Auftreten hatte sie die Studenten einschüchtern und dem Journalisten damit helfen können. „Gerne helfe ich dir. Was soll ich denn tun?"

Das habe ich doch schon alles der Polizei erzählt!" Frau Laschmann blickte Jojo skeptisch an. „Fragen Sie doch die!"

„Für meinen Bericht hätte ich es aber gerne aus erster Hand", säuselte er. „Sie sind doch die Einzige, die mit dem Mann gesprochen hat."

Die Altenpflegerin fühlte sich geschmeichelt. „Einen Namen hat er natürlich nicht genannt. Ich hatte keinen Grund, daran zu zweifeln, dass er ein Großneffe von Herrn Munske war. Sollen wir denn aus dem Heim einen Hochsicherheitstrakt machen? Dürfen unsere Gäste nicht mehr spazieren gehen? Das wäre ja wie im Knast. Obwohl doch eher der Mörder ins Gefängnis gehört. Und wenn jemand von uns Herrn Munske begleitet hätte? Dann hätte es ja vielleicht einen Doppelmord gegeben. Ich mag gar nicht daran denken."

„Wilhelm Munske wurde erst nach Tagen gefunden", gab Jojo zu bedenken. „Haben Sie ihn denn nicht vermisst?"

„Natürlich haben wir das. Wenn jemand nicht zum Essen kommt oder abends nicht auf seinem Zimmer ist, kann es schon einmal sein, dass er sich verlaufen hat. Alte Leute sind mitunter verwirrt. Dann rufen wir zunächst die Verwandtschaft an."

„Auch in diesem Fall?"

„Herr Munske hatte keine Verwandten mehr. Zumindest wussten wir nichts davon. Und von dem angeblichen Großneffen hatten wir ja keine Telefonnummer."

„Und dann suchen Sie die vermisste Person nicht selber?"

Frau Laschmann wand sich. „An dem Tag hat's doch so geschüttet. Da geht niemand gerne aus dem Haus. Wir haben ja auch noch anderes zu tun."

„Und die Polizei haben Sie nicht gerufen?"

„Das haben wir vor Jahren einmal gemacht", empörte sich die Frau. „Da hieß es, man müsse zunächst achtundvierzig Stunden warten. Wenn dann der Vermisste nicht zurückgekommen sei, könnten wir uns wieder melden. Das war's dann von unseren Freunden und Helfern."

„Ist Ihnen denn bei dem Telefongespräch mit dem Täter irgendetwas aufgefallen?"

„Der Mann hatte eine tiefe Stimme. Und er sprach akzentfrei deutsch. Vielleicht ..." Sie zögerte. „Vielleicht mit sauerländischem Einschlag."

„Sauerländischer Einschlag?"

„Ja, ich habe einen Onkel in Attendorn. Das ist da, wo man diese große Tropfsteinhöhle besichtigen kann. Die haben so eine harte Aussprache, das kann ich gar nicht nachmachen. Bei dem Kerl am Telefon hat sich das genauso angehört."

„Das war alles?"

„Natürlich! Was wollen Sie denn alles aus einem kurzen Telefonat heraushören?"

Jojo bedankte sich und fragte, ob er noch ein Foto von ihr machen könnte, für den Zeitungsbericht.

Das lehnte Frau Laschmann ab. Bevor aber Jojo das Haus verließ, rief ihn die Pflegerin zurück.

„Ich weiß ja nicht, ob es wichtig ist, aber mir fiel auf, dass der Kerl immer mal wieder zwischen den Sätzen eine Pause eingelegt hat. Als ob er überlegen müsste. Oder als ob er Schmerzen hatte."

S ie stand in einem kleinen Gemischtwarenladen. Zeitungen und Zeitschriften lagen aus, Hefte und Utensilien für Schüler, kitschige Glückwunschkarten und Zigaretten. An einem Ende des Tresens hatte man eine winzige Postagentur eingerichtet, am anderen Ende eine Lotto-Annahmestelle. Hier traf man sich, hier wurde – neben dem Friseur natürlich – der örtliche Tratsch verhandelt. Claudia Dunkmann wartete geduldig, bis sie an der Reihe war.

„Sagen Sie, wurde hier im Ort nicht neulich ein alter Mann umgebracht?"

Schlagartig verstummten alle Gespräche, und synchron drehten sich die Köpfe zu der Frau im Motorradanzug, die man noch nie in dem Laden gesehen hatte. Der Verkäufer hinter dem Tresen nickte.

„Es heißt, niemand habe etwas bemerkt."

Die versammelte Klatschprominenz schwieg und sah sich gegenseitig an. Schließlich wandte sich der Verkäufer wieder Claudia zu und fragte: „Warum wollen Sie das wissen?"

Wie sollte sie die Lichtenauer aus der Reserve locken? Sie entschied sich für Offenheit und antwortete: „Weil vor ein paar Tagen bereits ein Ex-Kollege des Opfers ermordet wurde."

Das schmolz das Eis und rollte der Neugier einen roten Teppich aus. „Wo war das?" – „Wann ist das passiert?" – „Ist der auch erstochen worden?" – „War das derselbe Mörder?" – „War der Täter auch ein Banker?"

Ein Banker? Wie kamen die Leute auf die Idee? Wussten sie mehr als sie der Polizei erzählt hatten? Bereitwillig berichtete Claudia alles, was sie über die beiden Morde erfahren hatte. Soweit es die Enge des Ladens zuließ, waren Kunden und Verkäufer nahe an sie herangerückt und übertrafen sich gegenseitig mit Spekulationen. Man habe gehört, dass der Täter im Altersheim angerufen und sich als Anlageberater – manche sprachen von „Erbschaftsberater" – ausgegeben habe. Dem widersprach ein älterer Mann. Es könne sich nur um jemanden gehandelt haben, der im Heim arbeite. Niemand sonst habe wissen können, dass das Opfer immer mittags einen Spaziergang unternehme. Unternommen habe, verbesserte er sich.

„Und wenn's einer aus der Doppelkopf-Runde gewesen ist?", vermutete eine Frau mit Einkaufstüte. Die Alten hätten immer beim Kartenspiel zusammengesessen, da sei es sicherlich um Geld gegangen. Schulden wären doch ein Motiv.

„Ich habe ihn gesehen!" Eine junge Frau hatte das gesagt, und acht Blicke richteten sich auf sie.

„Wen? Den Mörder?"

Sie nickte, und alle sprachen durcheinander: „Wo? Warum?" – „War es ein Mann?" – „Kann ja gar nicht sein. Wie wollen Sie das wissen?" – „Wie sah er denn aus?" – „Weiß das die Polizei?" – „Wann war das?"

„Gegenüber dem Heim gibt's doch diesen Geldautomaten", erklärte die Frau. „Ich habe mir da was auszahlen lassen, und die ganze Zeit hat sich dort ein Mann aufgehalten. Er war vor mir da und blieb auch, als ich ging. Der hat unter seiner Kapuze dauernd auf den Eingang des Heims gestarrt."

„Vielleicht hat er sich nur vor dem Regen untergestellt?", vermutete der Verkäufer.

„Vielleicht. Aber als ich ein paar Schritte gegangen war, kam jemand aus dem Heim. Und da hörte ich hinter mir die automatische Tür der Bankfiliale aufgehen."

„Also doch ein Banker!", war die Frau mit der Einkaufstüte überzeugt.

„Ein Banker mit Kapuze, der sich an einem Geldautomaten herumdrückt?" Eine Mit-Spekulateuse war skeptisch.

„Da gibt es doch Kameras bei solchen Automaten", meinte Claudia. „Die zeichnen auf, wer sich dort zu schaffen macht."

„Daran hat die Polizei sicherlich schon gedacht!"

Wilde Vermutungen und Gegenvermutungen machten weiter die Runde, und niemand dachte noch daran, Claudia zu fragen, warum sie dies alles wissen wollte. So verließ sie den Laden und ließ die Gerüchtegemeinschaft hinter sich.

Als sie mit Jojo in einem Café wieder zusammengetroffen war und sie sich beide ihre spärlichen Erkenntnisse berichtet hatten, wieherte Jojos Handy. Er mochte diesen Klingelton, wenn er auch nicht ganz freiwillig an ihn gekommen war.

„Jordan."

„Traudel hier, ich grüße dich. Wobei störe ich?"

„Beim Warten auf *Crêpes Suzette*."

„Fresssack!"

„Was gibt's, meine Lieblings-Staatsanwältin?"

„Trag nicht so dick auf, Schreiberling! Pass auf: Ich habe mal bei meinem Kollegen in Kassel angerufen und mich nach den beiden Toten erkundigt. Er konnte mir allerdings auch nicht mehr erzählen, als was du berichtet hast."

„Aha."

„Aber jetzt kommt's: Es ist noch ein dritter Ex-Korbacher gemeuchelt worden, ein gewisser Johannes Heltdorf."

„Heltdorf? Wo?" Jojo war alarmiert.

„Der ist vor Jahren in die Nähe von Stralsund ausgewandert. Der Täter hat ihn gefesselt und dann sein Gesicht in eine Schüssel mit kochendem Wasser getaucht. Als man ihn gefunden hat, war es nicht mehr zu erkennen, und die Atemwege waren praktisch gar. Außerdem hat ihm der Täter drei

Schnitte in die Stirn verpasst. Sie haben Heltdorf in seinem Häuschen im Dorf Barhöft gefunden, direkt an der Ostsee. Seine Frau hat die Tat knapp überlebt. Sie ist möglicherweise nur mit Pfefferspray und einem Elektroschocker betäubt worden, aber ihr altes Herz hat dabei fast den Löffel abgegeben."

Jojo hatte mitgeschrieben. „Ich kenne den Mann. Heltdorf war auch ein Lehrer an unserer Schule."

„Dann scheint deine Vermutung zu stimmen, dass wir es tatsächlich mit einem Serientäter zu tun haben. Will der alle eure Ex-Pauker um die Ecke bringen?"

„Hat dein Kasseler Kollege denn irgendwelche Hinweise auf den Kerl?"

„Bisher offenbar nicht. Aber da fragst du besser die ermittelnden Beamten."

„Ich danke dir, Traudel! Und wenn du Weiteres erfährst, wäre es nett, wenn du mich auf dem Laufenden hältst."

„Ich hab doch gesagt, ich helfe dir", schloss Edeltraud Walker. „Das ist auch bisschen Eigentherapie", fügte sie leise an.

Jojo steckte sein Mobiltelefon weg und berichtete Claudia von dem Gespräch. „Ich würde mich gerne dort in ..." – er studierte seinen Zettel – „... in Barhöft umschauen. Hättest du Lust, mitzukommen?"

Das hatte Claudia allerdings.

Sechs

*E*s ist äußerst umständlich, wenn man über kein eigenes Fahrzeug verfügt. Er muss die Strecke von Stralsund ins Sauerland über Neustrelitz und Berlin fahren. Fast fünf Stunden Aufenthalt in Neustrelitz! Erst mitten in der Nacht hat er Anschluss.

Er ist müde. Was gäbe er für ein paar Stunden Schlaf, bis um kurz vor vier sein Zug geht! Ein Hotel? Nein, dort wird man sich an ihn erinnern. Er geht die paar Schritte bis zum Neustrelitzer kleinen Tiergarten. Der hat spät abends natürlich geschlossen. Doch dort steht eine Bank. Er setzt sich, zieht die Jacke fester. Nach einer Weile legt er sich hin. Es wird kühl. Er schläft dennoch ein.

Nach zwei Stunden schreckt er hoch. Ein übler Traum war das! Na, er wird's bald hinter sich haben. Kommen die Schmerzen wieder? Viele Tabletten hat er nicht mehr. Er will es aushalten. Frühestens im Zug wird er eine nehmen.

Die Schmerzen lassen ihn nicht mehr schlafen. Er geht zurück zum Bahnhof. In der Halle setzt er sich auf eine Bank. Noch zwei Adressen. Mindestens. Er muss durchhalten!

*E*s war schwierig gewesen, die beiden Streifenbeamten aus dem Veranstaltungszelt der hessischen Polizei loszueisen. War Polizeimeister Konrad Kiefer noch zu motivieren gewesen, als ihm Irene Falter erklärte, dass es darum gehe, einen Dreifachmörder zu finden, so konnte sich Polizeiobermeister Karl Kuminz nur unter Androhung körperlicher Gewalt von der unmittelbaren Metzgereinachbarschaft lösen. Seufzend hatte er sich ans Steuer des Dienstwagens gesetzt und war gemeinsam mit Kiefer dem Motorrad der Hauptkommissarin hinterhergefahren.

Irene Falter hatte die Liste des Lehrerkollegiums von vor fünfzig Jahren dabei, die Jojo angefertigt hatte. Die Zahl der Namen darauf schrumpfte auf nur sieben zusammen, wenn sie diejenigen strich, die mittlerweile verstorben waren. Da gab es beispielsweise eine Oberstudienrätin Erna Hallerwacken, zu deren Wohnung Irene Falter nun die beiden Korbacher Polizisten lotste, damit sie die Frau befragen konnten. Irene selber, die auf die Begleitung von Kuminz und Kiefer gerne verzichtete, fuhr daraufhin weiter zur Residenz der Familie Heilmann, um von deren Oberhaupt Näheres über seinen Ex-Kollegen Johannes Heltdorf zu erfahren.

K ommen Sie doch herein!" Erna Hallerwacken, eine füllige Achtzigjährige mit roter Gesichtsfarbe, lächelte die beiden Polizisten an. Für ihr langes braunes Kleid mit antiquierten Stickereien hatten gefühlt zweiundachtzig Schafe die Wolle opfern müssen und weitere fünfzehn für Hallerwackens Filzlatschen. Die grauen Haare hatte sie zu einem Dutt hochgesteckt. Sie führte die beiden Männer zielstrebig in Richtung Küche, wo sie ihnen einen Platz am Tisch anbot. Kiefer, ständig in Bewegung, stand, kaum dass er Platz genommen hatte, wieder auf, setzte sich erneut, nestelte an dem Spitzendeckchen auf dem Küchentisch herum und scharrte mit den Füßen auf dem Laminat.

Kuminz hingegen war mit der Wahl des Besprechungsraums recht zufrieden, die wahrscheinlich nur hätte getoppt werden können, wenn die Frau sie in die Speisekammer gebeten hätte. Erna Hallerwacken setzte sich nicht, sondern deckte den Tisch mit drei Tellern, Besteck und Kaffeetassen. Aus einer Thermoskanne schenkte sie ein. Danach machte sie sich zur Freude von Karl Kuminz an ihrem Herd zu schaffen. „Was wollen Sie wissen, meine Herren?"

„Wir, äh, drei Morde, Siesie hatten doch ... Heltdorf, Johannes Heltdorf, waren Sie nicht, äh?", stammelte Kiefer. Die Frau drehte sich zu ihm um und sah ihn fragend an.

Kuminz sah sich gezwungen, anstelle seines logopädiebedürftigen Kollegen die Gesprächsführung zu übernehmen. „Sie kannten Herrn Heltdorf? Er war doch mit Ihnen am Gymnasium."

Erna Hallerwacken wandte sich erneut dem Herd zu, legte ein großes Eisenblech auf die Gasbrenner und griff sich eine Schüssel. „Wieso ‚kannten'?

Er ist zwar mit seiner Frau an die Ostsee gezogen, aber er lebt ja noch. Wissen Sie, er litt hier immer so stark an Heuschnupfen. Und da oben gibt es ja viel weniger Pollen. Dafür allerdings mehr Polen", kalauerte sie hinterher. Das Blech begann sich auf den heißen Flammen blau zu färben.

„Nein", widersprach Kuminz, „er ist tot." Der für seine Verhältnisse lange Dialog strengte ihn an.

„Tatsächlich? Na, er hatte ja auch ein gesegnetes Alter." Die Frau schien nicht sonderlich berührt.

„Er wurde ermordet."

„Ach? Und seine Frau?"

„Hat das Attentat überlebt."

„Das freut mich." Ungerührt gab Erna Hallerwacken eine Kelle Teig mit dem Schöpflöffel auf die heiße Platte und verteilte die Masse zu einem runden Fladen, den sie wie eine überdimensionale Crêpe buk. Der Duft von **Waldecker Ofenkuchen** erfüllte die Küche. Kuminz sog ihn tief ein und sah sich außerstande, das Gespräch weiterzuführen.

Stattdessen übernahm wieder Konrad Kiefer: „Sie, äh, wer könnte denn ... Feinde, äh?"

Die Frau hob die Schultern und ließ sie wieder sinken, während sie weiter hantierte. „Gut leiden konnte ihn eigentlich niemand. Er war dafür bekannt, dass er ein Spanner war. Er hat die Mädchen in der Sport-Umkleidekabine durch ein Loch in der Wand beobachtet. Und bei der Pausenaufsicht hat er schon mal Stielaugen gemacht." Der Fladen war nun kross. Sie bestrich ihn mit Butter, faltete ihn zweimal, nahm ihn mit einem Pfannenwender vom Blech und gab ihn Kuminz auf den Teller. Die Augen des Polizisten traten vor Glück schier aus ihren Höhlen, und er machte sich mit sichtlichem Appetit über den Ofenkuchen her, während Hallerwacken den nächsten Fladen buk. „Er stand dann ziemlich allein da", fuhr sie mit der Beschreibung von Heltdorfs Voyeurismus fort. „Die Schülerinnen und auch die Schüler zogen sich ans andere Ende des Pausenhofs zurück."

Kiefer fielen keine weiteren Fragen mehr ein, und sein Kollege hatte weder Interesse noch Platz im Mund, weitere zu formulieren. Schließlich waren sechs Ofenkuchen gebacken, allerdings nur noch vier übrig. Erna Hallerwacken nahm nun selber Platz und griff sich zwei, während Konrad Kiefer nervös in seinem Exemplar herumstocherte. Gefräßige Stille breitete sich aus, nur unterbrochen von den Scharr- und Zappelgeräuschen des dünnen Polizisten.

„Falter, Kripo Kassel. Kann ich hineinkommen?" Sie zeigte ihren Ausweis.

„Nein. Was wollen Sie?" Der große alte Mann mit dem dichten grauen Haar besaß zwei steile Falten zwischen den Augenbrauen, die sich durch Ärger noch vertieften.

Im Hintergrund sah Irene Falter eine Frau – sie nahm an, es war seine Ehefrau, wenn sie auch deutlich jünger aussah – mit eingezogenem Kopf schüchtern zu der unerwarteten Besucherin blicken. Sie wurde förmlich. „Sie sind Herr Sigwart Heilmann?"

„Und wenn das so wäre? Ich habe zu tun. Und wenn Sie nicht verraten, was Sie wollen, verlassen Sie bitte mein Grundstück!"

Die Kommissarin entschied sich für die direkte Offensive. „Herr Heilmann, drei Ihrer ehemaligen Kollegen wurden ermordet, und wir vermuten, dass auch Sie gefährdet sind. Wollen Sie nicht wissen, ob man Sie schützen kann?"

Heilmann verzog seinen Mund zu einem spöttischen Grinsen. „Sie wollen mich schützen?" Verächtlich blickte er an Irene Falter hinab. „Ich kann mich sehr gut selber schützen, dazu brauche ich keine halben Portionen. Ich habe mich schon immer wehren können. Auch gegen eine Intelligenzmangel-Polizei, die nur Ärger macht, wenn man mit ihr zu tun hat. Guten Tag!"

Er war im Begriff, Irene Falter die Tür vor der Nase zu schließen, als seine Frau rief: „Warte doch, Sigi, was sie uns sagen will!"

Sigwart Heilmann antwortete mit ärgerlichem Brummen, stoppte jedoch die Bewegung und begann schließlich, die Tür wieder ganz zu öffnen. „Also kommen Sie rein und sagen, was Sie sagen wollen. Aber kurz, und dann raus hier!" Er ließ Irene Falter in die Diele, baute sich jedoch vor ihr auf und verschränkte die Arme. „Und? Was ist jetzt?"

„Herr Nick wurde zu Tode gefoltert und über dem Berndorfer-Tor-Platz aufgehängt."

„Weiß ich. Weiter!"

„Wilhelm Munske wurden Finger abgetrennt, und er wurde entmannt. Bei lebendigem Leib."

„Munske, soso. Der Drecksack!"

„Vor ein paar Tagen hat man Herrn Heltdorf umgebracht."

„Ach ja? Johannes Heltdorf, der Spanner? Na, alt genug war er ja. Hätte sowieso nicht mehr lange gehabt."

„Besonders nahe scheint Ihnen ja der gewaltsame Tod Ihrer Kollegen nicht zu gehen."

„Soll ich jetzt rumheulen, oder was? Diese Schule war eine Müllkippe, auf der der Bodensatz des Gärschlamms endgelagert wurde. Die drei gehörten dazu." Sigwart Heilmann, wenn er denn je ein begeisterter Referendar gewesen sein sollte, hatte sich zu einem zutiefst desillusionierten Zyniker entwickelt.

„Auch Sie?", wollte Irene Falter wissen. „Gehörten auch Sie zu dem Gärschlamm?"

„Ich nehm's mal an." Sigwart Heilmann ließ sich nicht beeindrucken. „Aber im Gegensatz zu Munske, Heltdorf und Nick kann ich mich wehren, wenn mir jemand krumm kommt. Das galt früher, und das gilt auch heute."

Für Irene Falter schien sich ein Spalt aufzutun, in den sie einen Hebel ansetzen konnte. „Gegen wen mussten Sie sich denn früher wehren?"

„Gegen die Warmduscher vom Kultusministerium. Gegen Weicheier unter den Schülern. Heulsusen unter Muttis Rock." Frau Heilmann im Hintergrund schlug die Augen nieder und setzte sich auf eine Truhe, die im Eingang des Wohnzimmers stand.

„Muss man sich denn gegen Weicheier wehren?", wollte die Kommissarin wissen.

„Die hatten jedenfalls in meinen Klassen nichts zu suchen. Waren ja dann auch bald weg vom Fenster. Und von der Schule. Sind lieber in den Wald gegangen."

„In den Wald?"

„Ja. Hatten wohl eine Liebe zu Bäumen. Baumelten dann am Ast. Oder haben sich mit frischem Führerschein um einen Alleebaum gewickelt. Aus die Maus."

„Selbstmorde?"

„Nennen Sie's, wie Sie wollen. Jedenfalls war ich die Jammerei los." Sigwart Heilmann war offenbar des Gesprächs überdrüssig. „Ich kann mich im Übrigen meiner Haut wehren. Und meinen Waffenschein können Sie sehen, wenn Sie wollen. Ich bin Jäger und treffe meist. Wer hier Ärger machen will, kommt lebend nicht mehr aus dem Haus." Er grinste. „Notwehr nennt man das." Er fasste Irene Falter an der Schulter und schob sie zur Tür hinaus. Frau Heilmann stand von der Truhe auf, öffnete den Mund, als ob sie etwas sagen wollte, ließ es dann aber bleiben. Die Tür klappte zu, die Kommissarin stand sprachlos im Vorgarten.

Was war das für ein Rattennest, in das sie hier geraten war? Selbstmorde von Schülern? Davon hatte bisher niemand etwas gesagt. Wo konnte sie dazu Näheres erfahren? Im Archiv der *Feldhühnerchen-Post*? Sie brauchte Verstärkung! Und zwar nicht durch zwei minderbemittelte Streifenbeamte. Wo steckten die überhaupt?

D as konnte ja wohl nicht wahr sein! Jojos Montesa war siebenundzwanzig Jahre jünger als Claudias alte Laverda. Und obwohl er den Gasgriff auswrang, fuhr ihm die Vulkanologin davon, nicht ohne mangels Schalldämpfer tinnituserschütterte Ortschaften zu hinterlassen. Als sie in eine Tankstelle eingebogen und er ihr gefolgt war, wollte Jojo wissen, auf welch mysteriöse Weise Claudia ihren Motor mit so viel mehr Pferdestärken gefüttert habe.

„Als wir zusammen nach Bremen und zurück gefahren sind, hatte ich nur meine MZ unterm Hintern", wunderte er sich. „Und trotzdem konnte ich dir folgen. Und jetzt, mit fast der doppelten Motorleistung, komme ich dir nicht hinterher. Wie das?"

„Ich habe mich neulich eben zurückgehalten", lächelte Claudia. „Ich wollte deinen alten Honecker-Hammer nicht überfordern."

„Und jetzt?"

„Und jetzt haben wir über sechshundert Kilometer vor uns. Da kannst du deiner Honda …"

„Montesa!", unterbrach Jojo, der Wert auf die Bezeichnung im Fahrzeugschein legte.

„... kannst du deiner Montesa ruhig mal die Sporen geben, du Wanderdüne!" Sie lachte.

Jojo wusste, dass er tatsächlich zu der langsamen Fahrerspezies gehörte. Er bezeichnete sich gern als „Motorradwanderer", freute sich an den Gerüchen der Landschaft, die er befuhr, stoppte schon mal an idyllischen Plätzen und scherte sich nicht darum, wenn er von schnelleren Zeitgenossen überholt wurde. Geschwindigkeitsehrgeiz ging ihm völlig ab, worin er sich von vielen seiner Zweiradkollegen unterschied. Er sah ein, dass ihm durch diese Fahrweise einiges an Erfahrung fehlte, was Kurvenschräglage und Bremspunkte betraf. Claudias Schnelligkeit beruhte daher wohl nicht auf einem verstärkten Motor, sondern auf ihren Fahrkünsten, die den seinen überlegen waren.

„Was hältst du davon", wechselte sie das für Jojo möglicherweise unangenehme Thema, „wenn wir uns den ‚PS-Speicher' anschauen? Einbeck liegt ja fast auf dem Weg."

Das Museum gehörte zu den umfangreichsten Fahrzeugsammlungen Deutschlands und präsentierte vor allem Motorräder in stilvollem Ambiente, ohne wie andere die Beschreibungen mit Flüchtigkeitsfehlern und ideologischen Geschichtsverdrehungen zu versehen.

„Das kostet uns einen zusätzlichen Tag", wandte Jojo ein.

„Na und? Meinst du, unser Mörder wartet in Barhöft noch auf uns und bohrt in der Nase? Der ist doch schon lange auf und davon."

Jojo ließ sich überzeugen.

Wo wollen wir heute übernachten?", fragte Claudia, als sie, vom Besuch des ‚PS-Speichers' reizüberflutet, im angeschlossenen Restaurant eine **Wildsuppe** zu sich nahmen, in der sie hätten baden mögen.

Das hatte Jojo bereits organisiert. „In einem kleinen Ort an der Elbe. Wir kehren bei einem Kumpel von *Stress Press* ein."

„Stress Press?"

„Das ist eine Untergrund-Motorradzeitschrift, die seit über vierzig Jahren existiert. Lauter Moped-Exzentriker, zu denen auch ich gehöre." Er klärte Claudia auf. Es sei ein loser Zusammenschluss von Individualisten, und die Vierteljahreszeitschrift werde ausschließlich von den Lesern selber gemacht, es gebe weder Redakteure noch Zensur; alles werde gedruckt, wenn es auch nur entfernt mit Motorrädern zu tun habe.

Die Vulkanologin blieb skeptisch. Menschengruppen waren der Einzelgängerin zuwider. Nun gut, wenn Jojos Kontakte dazu führten, dass sie eine kostenlose Unterkunft bekamen, sollte es ihr recht sein.

Barhöft. Die Strecke zu dem winzigen Ostsee-Hafen führte Claudia und Jojo durch die mecklenburgische Seenplatte um die Müritz. Die Landschaft mit ihren Wäldern, Mooren, unzähligen Seen und Teichen, wo sich im Herbst gewaltige Kranichschwärme auf ihrem Weg in den Süden niederließen, war bezaubernd. Den Gegensatz dazu bildeten die Siedlungen und Orte, die nach der Zerschlagung der DDR verfielen und einen trostlosen Eindruck machten. Viele Häuser standen leer, zwischen stillgelegten Bahngleisen wuchs das Unkraut, und einst blühende Ackerflächen lagen brach.

Das Bild änderte sich, je weiter sich die beiden Motorradfahrer der Küste näherten. Stralsund, das „Tor zur Insel Rügen", zeigte lebhafte Geschäftigkeit. Doch Jojo und Claudia ließen die Hansestadt schnell hinter sich, um in das etwa 18 Kilometer weiter nördlich gelegene Barhöft zu gelangen. Der Hafen lag am Ende einer Sackgasse.

Einst war das Dorf als Lotsensiedlung gegründet worden. Tourismus hatte mittlerweile zaghaft Einzug gehalten, es gab ein niedliches Hotel und einige Ferienwohnungen. Im Wasser lagen kleine Segelyachten und Fischerboote. Jojo fiel das Logo eines großen süddeutschen Energieversorgers auf, das von einem Katamaran leuchtete. Dessen Besatzung betreute offensichtlich Offshore-Windkraftanlagen in der Ostsee.

Es war Nachmittag geworden, und die beiden Reisenden konnten noch zwei Zimmer im Hafenhotel „Seeblick" ergattern.

Am Fisch-Imbiss am Kai kamen Claudia und Jojo mit der Betreiberin ins Gespräch. Bereitwillig erzählte die resolute Frau von dem Mord in einem der Backsteinhäuschen. Doch mehr als in der Zeitung gestanden hatte, konnte auch sie nicht berichten. Jojo revanchierte sich mit Informationen zu dem Vorleben des Opfers Johannes Heltdorf, die die Verkäuferin begierig aufnahm.

Am Kai dümpelten zwei kleine Fischerboote, junge Männer machten sich darauf und in den nahen Lagerhallen zu schaffen. Fische wurden sortiert, Dorsch und Flunder, in Eis gelegt und zum Abtransport vorbereitet. Ein kleines Mädchen spielte an der Kaimauer mit Papierblättern, und Claudia wunderte sich, dass niemand Vorkehrungen traf, das Kind von einem möglichen Sturz ins Wasser abzuhalten. Jojo sprach einen der Männer an.

„Flunder ist ausverkauft", schüttelte der gleich den Kopf in der Annahme, der Tourist wolle Frischfisch direkt vom Kutter kaufen. „Morgen früh wieder." Er hantierte weiter mit seinen Kisten.

„Schade", antwortete Jojo, „aber ich wollte Sie etwas anderes fragen. Hier hat es doch vor Tagen einen Mord gegeben?"

Der Mann blickte auf. „Warum wollen Sie das wissen?"

„Ich bin Journalist und bereite eine Reportage vor", log Jojo ein wenig.

Der Fischer wischte seine Hände an einem dreckigen Lappen ab, zog einen Tabakbeutel hervor, setzte sich auf die Bank vor der Halle und begann, sich eine Zigarette zu drehen. Jojo setzte sich daneben, während Claudia stehen lieb und sich an die Hallenwand lehnte. Die harte Laverda-Sitzbank hatte wohl Nachdrücke hinterlassen.

„Tja", meinte der Mann, nachdem er einen ersten Zug inhaliert hatte, „fast wäre es ja ein Doppelmord geworden."

„Papa!", krähte das Mädchen, lief zu dem Fischer und legte ihm zerknitterte Papierbögen auf den Schoß. „Bieftäga!", sagte sie ernsthaft und schob die Blätter umher, sodass sie zum Knüllbündel wurden.

Der Mann lächelte, streichelte der Kleinen über den Kopf und nickte zu Jojo. „Seit Tagen spielt sie ausdauernd Postbote und steckt Altpapier in die Briefkästen der Häuser."

„Bieftäga!", wiederholte das Mädchen und trug dabei das Papierbündel zu Claudia, da der Papa ihr offenbar nicht die erforderliche Aufmerksamkeit schenkte. Claudia Dunkmann ging in die Knie, um mit der Kleinen auf Augenhöhe zu sein. Die zeigte mit ihrem Fingerchen auf eines der kleinen Häuser im Hintergrund. „Bieftäga!", sagte sie zum dritten Mal.

„Ja, komisch", sagte der Vater zu Jojo, „sie zeigt ständig zu dem Haus, in dem der Mord passierte.

Vielleicht hat sie die Polizisten in ihren Uniformen für Briefträger gehalten."

„Hat denn niemand den Täter gesehen?", fragte Jojo. „Es war doch wohl helllichter Tag."

„Nein. Jedenfalls ist er niemandem aufgefallen. Wissen Sie, die Boote" – er zeigte auf die kleinen Yachten im Hafen – „gehören keinen Einheimischen. Die meisten sind Fremde. Von denen kann es jeder gewesen sein."

„Und wie ist der Täter ins Haus gekommen? Ist er eingebrochen?"

„Die Kripo meint, er sei hineingelassen worden."

„Also war er ein Bekannter?"

„Wahrscheinlich. Aber das alte Ehepaar lebte ziemlich zurückgezogen. Nur die Frau hat ein paar Kontakte mit uns gehabt."

„Sie soll nicht getötet worden sein", sagte Jojo. „Kann sie den Mörder denn beschreiben?"

„Sie liegt im Krankenhaus in Stralsund und kann sich an nichts erinnern. Sie hat den Elektroschock auch nur knapp überlebt."

Jojos Mobiltelefon wieherte, und der Fischer, der die Zigarette fertig geraucht hatte, nahm dies zum Anlass, aufzustehen. Er verabschiedete sich mit einer Geste und ging in die Halle zu seinem Fang zurück.

„Jordan." Er lauschte. „Hallo, Irene, schön, dass du noch lebst. Hast du dein Handy zufällig mal eingeschaltet?"

„Mein Akku war leer. Kein Grund, Jojo, frech zu werden. Wo steckst du überhaupt?"

„In Barhöft, falls dir das etwas sagt."

„Bitte?" Der Zitronenfalter wurde laut. „Bist du noch bei Trost? Was haben wir über Alleingänge besprochen?"

Darauf war Jojo vorbereitet. „Das ist kein Alleingang. Claudia begleitet mich. Und du wirst mir doch nicht verbieten wollen, an die schöne Ostsee zu fahren?"

Irene Falter schnaubte. „Hat denn der Amateurdetektiv etwas herausgefunden, was die Stralsunder Polizei noch nicht wusste?"

„Keine Ahnung. Ich habe mit denen nicht gesprochen. Darf ich ja auch nicht, eine Kriminalhauptkommissarin aus Kassel hat mir das verboten." Aus dem Hörer war ein ärgerliches Brummen zu hören. „Aber wir haben ein kleines Mädchen aus dem Ort getroffen, das vielleicht etwas gesehen hat."

„*Vielleicht.* Aha. Und was?"

„Das wissen wir nicht. Die Kleine kann noch nicht so gut sprechen."

„Na prima. Ein Säugling als Zeuge. Der vielleicht etwas gesehen hat. Oder auch nicht."

„Die ist kein Säugling mehr", gab Jojo beleidigt zurück.

„Reich mich mal an Claudia weiter", befahl die Kommissarin.

Die beiden Frauen begrüßten und besprachen sich, während Jojo schmollend die Arme verschränkte. „Lass dir zur Sicherheit die Adresse der

Familie des kleinen Mädchens geben", bat Irene schließlich Claudia. Die versprach es, reichte das Handy an Jojo zurück und verschwand in der Halle, um den Fischer zu befragen.

Jojo wollte nun seinerseits von Irene wissen, wie die Ermittlungen in Nordhessen standen. Sie erzählte von ihrer Begegnung mit dem pensionierten Studienrat Heilmann. Ja, meinte Jojo, so kenne er den: pöbelnd und zynisch.

„Er hat Andeutungen gemacht, dass sich zu eurer Zeit Schüler umgebracht hätten. Weißt du etwas darüber?", fragte sie ihn.

Dunkel stiegen in Jojo Erinnerungen hoch. Damals hatte es Gerüchte gegeben. Doch das Thema war tabu, die ganze Kleinstadt schwieg dazu. Der Alltag verlief weiter, als sei nichts passiert. Aber einige Familien sollten daraufhin aus Korbach fortgezogen sein. Das erzählte er der Polizistin.

„Hast du außer Heilmann noch andere Ex-Lehrer besucht?"

„Ich habe zwei Kollegen zu Erna Hallerwacken geschickt."

„Ja, die war halbwegs in Ordnung. Hat sich vom Rest der Bande positiv abgehoben. Hat sie etwas erzählt?"

„Das weiß ich noch nicht, ich habe die Kollegen noch nicht wieder getroffen. Dann gab es auf deiner Liste noch Ex-Lehrer, die entweder verstorben oder weggezogen sind. Sudl zum Beispiel."

„Das Ekelpaket? Was ist mit dem?"

„Lebt heute bei Brilon im Sauerland. In Gevelinghausen, um genau zu sein."

„So. Dann darf ich dir einen Tipp geben: Wenn es unser Mörder tatsächlich auf die Drecksäcke unter den Lehrern abgesehen hat, dann gehört Sudl mit Sicherheit dazu."

Irene Falter bedankte sich für den Ratschlag und wollte schon das Gespräch beenden, als Jojo sie noch stoppte: „Halt mal, Irene. Du hast im Kasseler Präsidium eine Nachricht für mich hinterlassen. Aus der bin ich nicht klug geworden. ‚Falter zurückrufen wegen Klose'. Was sollte das?"

„Na, das dürfte sich jetzt erledigt haben. Du weißt ja alles."

„Wie jetzt? *Klose*?"

„Das wirst du doch kennen als Journalist? Schreibst du nie eine?"

Jojo ging ein Flutlichtstrahler auf. „Du meinst eine *Glosse*?"

„Sach ich toch! Oter einen Pericht", lachte sie, wobei sie absichtlich in ihr Heimatidiom verfiel. „Tu sollsd tas mit mir abschdimmen, bevor tu es veröffendlichsd."

Oh, Mann!, dachte Jojo. Der fränkische Dialekt mit seinen Verwechslungen von harten und weichen Mitlauten! Der Kasseler Kollege hatte das natürlich so aufgeschrieben und weitergegeben, wie er es verstanden hatte. Dabei waren die Kasseläner selber auch nicht frei davon. Die Worte *Ku-chen* und *Torte* zum Beispiel tauschten dort ebenfalls ihre Konsonanten aus. In Kassel sprach man daher von *Kuren* und *Tochte*.

„Schate, tass ich tie einzike pin, tie Hochteutsch retet!", flachste Irene Falter.

Jojo fragte sich, wozu der Mensch die Sprache erfunden hatte, wenn er sich dennoch nicht verständigen konnte? In seiner Wahlheimat an der Badischen Bergstraße waren Redewendungen und Ausdrücke geläufig, die sonst kein Mensch auf dem Planeten verstand. *Faazeknottel* zum Beispiel waren Brombeeren, Johannisbeeren dagegen *G'hans-trauwe*. *Kafruus* bezeichnete einen ungehobelten Menschen, *Husmoug* einen Tannenzapfen – wobei dieser schon im Nachbarort *Danneschääf* hieß. Oh, Dialekte!

Sieben

Nein! Wenn er die letzte Strecke mit Bus oder Taxi zurücklegen müsste, würde ihn jeder wiedererkennen. Er brauchte ein eigenes Fahrzeug! In Warburg stieg er aus dem Zug.

Er querte die Gleise und ging die Desenbergstraße entlang. Bald hörte die Siedlung auf, links und rechts erstreckten sich Felder, gesprenkelt mit einigen Aussiedlerhöfen, die mit dem Verkauf von Eigenerzeugnissen ab Hof warben. Ein Haus erweckte seine Auf-

merksamkeit. Die Rollläden waren herabgelassen, das Hoftor verriegelt. „Wegen Urlaub geschlossen bis zum 1. Juli", verriet ein Schild.

Das Scheunentor ließ sich leicht aufschieben, und der alte Ford Kombi bot keinen Widerstand. Die Lenkradsperre konnte er mit einem Ruck knacken, und mit den vom Zündschloss abgezogenen Kabeln ließ sich der Wagen leicht starten. Diese antiken Kisten besaßen zum Glück noch keine Wegfahrsperre und andere Kinkerlitzchen, wobei diese selbst den rechtmäßigen Besitzern oft genug den Zugang verweigerten.

Zwei Katzen beobachteten, wie er den Wagen hinausfuhr. Er vergaß auch nicht, Scheunen- und Hoftor wieder zu schließen. Jetzt war er flexibler. Allerdings würde er noch andere Nummernschilder brauchen. Es waren keine siebzig Kilometer mehr bis Gevelinghausen.

Nach ein paar Kilometern kamen die Schmerzen wieder. In Wellen. Er konnte nicht mehr lange weiterfahren. In einen Waldweg bog er ein, stellte den Wagen rückwärts unter dichte Fichtenzweige und streckte sich auf der Ladefläche des Kombis aus. Es blieben ihm nur noch fünf Tabletten. Er musste sie sich einteilen, wenn er die Sache zu Ende bringen wollte. Vielleicht ließen die Schmerzen nach, wenn er sich ein paar Stunden ausruhte.

Kurz darauf schlief er erschöpft ein.

Gevelinghausen? Wo liegt denn das?" Claudia sah Jojo fragend an.

„Im Sauerland. Nicht weit von Korbach entfernt."

„Und da sollen wir jetzt hinfahren?"

„Nein. Zuerst machen wir einen Abstecher nach Brodersby."

„Auch im Sauerland?"

„Nein, an der Ostsee. Bei Kiel. Also nicht weit entfernt."

Claudia fummelte ein metallenes Etui aus ihrer Jackentasche, das aussah wie eine schmale Zigarilloschachtel. Sie klappte es auf und holte ein Smartphone daraus hervor.

Jojo hatte ihr erstaunt zugeschaut. „Hab ich noch nie gesehen: Metallcover für ein Handy."

„Gibt's auch nicht zu kaufen, hab ich selber gebastelt. Daraus können keine Daten gesendet werden, auch nicht heimlich. Faradayscher Käfig, verstehst du?" Sie gab den Ortsnamen auf dem Handy ein.

„Brodersbü? Find ich nicht."

„Das wird auch am Ende mit Ypsilon geschrieben. Und Ü ausgesprochen. ‚By' heißt ‚Stadt' auf Dänisch. Der ganze Landstrich hat bis vor hundertfünfzig Jahren zu Dänemark gehört."

Sie korrigierte den Namen. „Nicht weit entfernt? Dreihundertvierundsechzig Kilometer von hier. Ein Katzensprung. Da wird der Motor ja kaum warm." Sie schüttelte den Kopf. „Und was willst du da? Wird dort auch einer deiner alten Lehrer umgebracht?"

Jojo erklärte ihr, dass dort eine kleine Manufaktur ihren Sitz hatte, die Motorrädern hochwertige Seitenwagen anschloss, sie also zu Gespannen umbaute.

„So wie deins, was?" Claudia grinste. Sie hatte vor nicht allzu langer Zeit Jojo im fränkischen Langenburg aufgelesen, als der mit wackelndem Seitenwagenrad gestrandet war. Er besaß ein Enduro-Gespann, dessen Motor aus Japan und das Fahrgestell aus Großbritannien kamen.

„Hast du nicht Lust, einmal selber ein Gespann zur Probe zu fahren?", versuchte er Claudia zu seiner Begleitung zu bewegen.

„Ein solches Gefährt, das alle Nachteile von Motorrad und PKW auf sich vereinigt? Du wirst im Regen nass wie auf dem Moped und stehst im Stau wie ein Auto."

Jojo seufzte ob dieses Spruchs aus dem Witze-Steinbruch des Pleistozäns.

Doch Claudia grinste und nickte: „Na gut. Lass uns heute Abend aber noch einen Pottwal verzehren." Sie steuerte das Restaurant im „Seeblick" an und studierte die Speisekarte. Ja, **Fischsuppe** war genau das, was sie jetzt vertragen konnte. Jojo hingegen bestellte sich **Labskaus**, das norddeutsche Nationalgericht, das er als „Moltofill" bezeichnete, weil es eine ähnliche Konsistenz aufwies und sehr satt machte.

Er versucht es mit einem Waldspaziergang. Doch hin und wieder muss er sich setzen oder zumindest an einen Holzstapel anlehnen. Sollte dies bereits seine letzte Fahrt gewesen sein? Den Wagen hat er ins Unterholz gefahren, sodass er vom Weg aus nicht gesehen werden kann.

Hunger hat er keinen, da der Schmerz in seinen Eingeweiden frisst. Ohnehin hat er keine Lebensmittel dabei. Den Durst löscht er an einem Bach, der durch den Forst plätschert.

Drei Nächte hat er nun im Fond des Wagens zugebracht. Er muss weiter, um seine Aufgabe zu erfüllen! Er denkt an die Ziele, die noch vor ihm liegen, und die Wut steigt erneut in ihm auf. Nein, sie dürfen nicht entkommen! Es wird seine letzte Handlung sein.

Er setzt sich ans Steuer und lenkt den Wagen auf die Straße hinaus.

Jojo fuhr diesmal voraus. Er wollte nicht stumpf über die A 20 Richtung Kiel fahren, sondern nordöstlich um Lübeck herum, und, wenn sie schon einmal hier waren, die berühmte Holsteinische Schweiz erkunden. Das Bild im Kopf eines durchschnittlichen Süddeutschen zeichnet den gesamten Norden der Republik flach wie ein Bügelbrett, die Straßen straff wie Gitarrensaiten. Umso erstaunter sind die Touristen, wenn sie in die Gegend um Plön, Preetz, Lütjenburg und Eutin kommen: Wälder, Hügel, zahlreiche Seen und vor allem Kurven bestimmen das Landschaftsbild. Menschliche Siedlungen? Feudale Großgrundbesitzer hatten die Gegend seit Jahrhunderten im Griff und ließen Schlösser, Herrensitze und Gutsanlagen bauen.

Es ist kein Wunder, wenn an Wochenenden die Motorradfahrer rudelweise in die Holsteinische Schweiz einfallen, fahren sie sich doch im Rest des Nordens nur die Reifen eckig. Jetzt, an einem Wochentag, hatten Jojo und Claudia die Sträßchen für sich allein, sah man von etlichen LKWs ab, die mangels Kurveneinsicht nur schwer zu überholen waren.

Brodersby, die kleine Gemeinde in der Nähe der Schlei, bestand nur aus einer zweistelligen Zahl von Häusern. Schnell fand Jojo zu der Gespannschmiede. Zahlreiche Umbauten waren bereits in der kleinen Manufaktur entstanden, allesamt Einzelstücke. Der Chef begrüßte den Motorradjournalisten und bat ihn auf eine Voxan-Designstudie. Voxan? War das nicht die kurzlebige französische Marke mit V2-Motor, die auch Bea gefahren hatte, die Frau, mit der er vor Jahren einen alten Mordfall in Nordhessen hatte lösen können?

Er drehte ein paar Runden, schoss Standfotos aus allen Perspektiven und bat schließlich den Chef, ihn in dessen PKW zu fahren, dem Claudia auf dem Gespann folgen sollte, während Jojo Fahraufnahmen aus der geöffneten Kombi-Heckklappe machen würde. Er programmierte seine Pentax auf

Dauerfeuer, und sie fuhren los. Klickklickklickklick-klick – das klappte ja ganz gut.

Sie hielten an, und Jojo wechselte vom Koffer-raum des Autos in den Beiwagen des Gespanns. Die Fahrt ging weiter. Auf dem schmalen Weg kam ihnen ein Milchlaster entgegen. Der PKW wich auf den äußersten Rand aus, doch Claudia, unerfahren in Dreirad-Sachen, verriss den Lenker in die falsche Richtung. Geistesgegenwärtig gab der LKW-Fahrer Gas, sodass sie, dicht an dem großen Fahrzeug, nur noch dessen Heck mit ihrem linken Spiegel er-wischte. Reflexartig beugte sich Jojo vor, griff den Lenker des ziehenden Motorrads und riss ihn zu sich nach hinten. Das Manöver beförderte ihn mit-samt dem Beiwagen in den rechten Straßengraben, wobei das Motorrad auf dem Asphalt blieb. Claudia hatte die Bremse getreten, und so stand das Drei-rad schräg im flachen Schleswig-Holstein, während Jojo mühsam aus dem Boot kletterte und mit den Stiefeln im Bächlein des Grabens landete.

Zitternd vor Adrenalin stieg Claudia ab, während das Auto stoppte und der Firmenchef aus dem Wa-gen gestürzt kam.

„Mimirs is' nix papassiert", stotterte sie, und der hyperventilierende Eigentümer begutachtete sein nagelneues Traumgefährt, das nun nicht mehr Showroom-tauglich aussah.

„Noch nie Gespann gefahren?", bellte er Claudia an. Sie schüttelte den Kopf, worauf er Jojo zähneknirschend einen Blick zuwarf, der die gesamte Moorlandschaft der norddeutschen Tiefebene hätte entwässern können. „Und da setzt du sie einfach auf eins meiner Fahrzeuge?", grollte er den Journalisten an. „Das hätte verdammt schiefgehen können!"

Gemeinsam zogen sie das Dreirad wieder auf die Straße. Außer einem zerbrochenen Spiegel war alles heil geblieben, sah man von den Gras- und Matschklumpen ab, die ein Wasserschlauch, Bürste und etwas Politur wieder entfernen würden.

Jojo setzte sich ans Steuer des Autos, Claudia daneben, während der Chef es sich nicht nehmen ließ, sein Juwel eigenhändig und mit hohem Blutdruck zurück zur Werkstatt zu fahren. Kleinlaut verabschiedete sich Jojo in der Gewissheit, zukünftig auf Premieren-Einladungen aus dieser Gespannschmiede verzichten zu müssen. Rund fünfhundert Kilometer lagen vor ihnen, und die wollten sie diesmal so schnell wie möglich hinter sich bringen.

Natürlich mussten sie unterwegs Benzin nachfassen, und bei der Gelegenheit gönnten sie sich zwei Cappuccini in der Tanke.

Nach Claudias Dreiraderlebnis war Jojo einigermaßen verblüfft, als sie ihn fragte: „Bringst du mir Gespannfahren bei?" Sie hatte längst wieder ihr Selbstbewusstsein zurückgewonnen. Und Jojo stimmte erfreut zu.

*D*er Pflegedienst kommt an drei Tagen in der Woche. Wenn der heute Abend das Haus verlässt, sind rund sechzig Stunden Zeit.

Es war leicht, die Tür zur Alten Mühle zu öffnen. Das Heimatmuseum darin kann nur an Sonntagen besucht werden. Und manchmal mittwochs, wenn sich Kursteilnehmer aus dem nahen Schloss alten Bauernkrempel anschauen wollen. Es ist fast gemütlich hier. Den alten blauen Ford hat er einfach auf den Parkplatz der Akademie gestellt. Zwischen den vielen Autos der Kursteilnehmer fällt er nicht auf.

Er muss noch ein wenig warten, bis es dunkel ist. Dann kann er hinuntergehen. Es ist bewölkt, aber trocken. Er wird langsam schlendern, das wird niemandem auffallen. Die Glaspyramide wird beleuchtet sein und ihm den Weg zum nahen Ziel weisen. Nebenbei hatte er sich gewundert: Wer baut sich denn ein Haus ganz aus Glas? Und in Pyramidenform? Da kann doch jeder hineinschauen. Leben wie in einer Museumsvitrine? Das wäre nichts für ihn.

Das ist sowieso ein Wort, das nichts mit ihm zu tun hat: Leben. Und demnächst wird es auch mit dem Speckrand nichts mehr zu tun haben. Speckrand – so hat er ihn immer genannt. Überflüssiges, ungesundes Fett, das man wegschneiden muss.

Er nimmt eine Tablette. Sind nur noch drei jetzt. Schaut aus dem Fenster, öffnet die Tür, tritt hinaus und schließt sie leise hinter sich. Niemand ist unterwegs. Die Tasche hat er über die Schulter gehängt.

Am alten Pferdestall vorbei, über den Schlosshof, hinunter zur Straße. Die Glaspyramide leuchtet. Er hält sich links. Die Tablette beginnt zu wirken, das Taubheitsgefühl stellt sich ein.

Er steht vor seinem Ziel. Im ersten Stock flackert es blau im Fenster. Ein Fernseher? Das ist gut. Durch das Fenster der Eingangstür sieht er, dass im Flur Licht brennt. Er geht ums Haus herum, steht auf der Terrasse. Die Glocke der nahen Schlosskapelle schlägt, es muss wohl dreiundzwanzig Uhr sein. Das ist praktisch, so geht das splitternde Geräusch im Glockenlärm unter, als er die Terrassentür aufhebelt.

Dort führt die Treppe ins Obergeschoss. Im Fernsehen läuft wohl gerade ein Krimi. Laut, der alte Speckrand hört wohl schwer. Es riecht nach abgestandener Luft und Desinfektionsmitteln. Er geht hinauf.

Die Schlafzimmertür ist nur angelehnt. Er drückt sie auf.

Der Speckrand liegt im Bett und bemerkt ihn zunächst gar nicht. Er geht ins Zimmer hinein, und nun erschrickt der Mann unter seiner Decke, fasst sich aber sogleich und brüllt ihn mit seiner heiseren Altmännerstimme an: „Wer sind Sie? Was wollen Sie hier?"

Er schweigt und holt die Kabelbinder aus seiner Tasche. Geht zu dem Speckrand, reißt ihm die Decke weg, packt ihn brutal an den Oberarmen, wälzt ihn auf die Seite, dreht dessen Arme nach hinten und fesselt ihm die Hände hinter dem Rücken.

Der Alte zetert: „Verbrecher! Ich hole die Polizei!"
Das ist natürlich lächerlich. Er muss grinsen. Der
Fernseher dröhnt. Er packt die strampelnden Beine
des Speckrands, seine Fußknöchel, und fesselt auch
die. Es stinkt. Der Alte hat sich in die Hose geschifft.

Er zieht sich seine Lederhandschuhe über. Holt das
lange Kabel aus der Tasche. Sucht eine Steckdose.
Zieht den Stecker der Nachttischlampe aus der Dose,
steckt sein Kabel hinein. An die losen Enden hat er
Krokodilklemmen angebracht, testet jetzt Phase und
Nullleiter mit einem kleinen Spannungsprüfer. Wen-
det sich dem Speckrand zu. Reißt ihm den Schlafan-
zug vom Leib.

Der Fernseher dröhnt. Der Alte schreit, als er den
ersten Stromstoß erhält. Starrt seinen Peiniger mit
weit aufgerissenen Augen an, hyperventiliert. Noch
einmal zweihundertdreißig Volt. Der Körper des
Speckrands bäumt sich auf.

Er darf die Stromstöße nicht zu lange anlegen, dann
wäre es zu schnell vorbei. Den Nullleiter klemmt er
an das schlaffe Gemächt des Alten. Ja, schrei nur,
Drecksack! Damals hast du andere schreien lassen.
Mit der Phasenklemme stippt er verschiedene Körper-
stellen des Speckrands an. Wo sind denn die Schreie
am lautesten? Na, kannst du noch das Ohmsche Ge-
setz aufsagen?

Irene Falter war erschöpft. Sie hatte nach Kiefer
und Kuminz suchen müssen. Von Erna Haller-

wacken waren sie bereits vor längerer Zeit aufgebrochen, und auf dem Präsidium wusste auch niemand, wo sie steckten. Schließlich war die Kommissarin im Polizeizelt des Hessentags fündig geworden, wo sich das ungleiche Paar erneut auf seinen Stühlen niedergelassen hatte – Kuminz kauend und Kiefer zappelnd nach potenziellen Mördern Ausschau haltend.

Irene Falter hatte die beiden Beamten ins Präsidium zu deren Chef geschleift, wo sie stockend ihren Bericht über den Hallerwacken-Besuch abgaben. Viel kam dabei nicht heraus. Dass Johannes Heltdorf unter den Schülern unbeliebt gewesen war, hatte Irene Falter schon von Jojo erfahren.

„Frau Hallerwacken ist jedenfalls nicht die Mörderin", konstatierte Karl Kuminz überzeugt. Dass sich seine Überzeugung auf die Ofenkuchen-Backkünste der pensionierten Lehrerin gründete, verschwieg er.

„Das hat auch niemand angenommen", gab Irene Falter zurück.

Welteke verdrehte die Augen. Was sollte er mit den beiden nur anfangen? Schickte er sie wieder zurück ins Zelt, liefen Besucher erneut Gefahr, von Konrad Kiefer für Mörder gehalten und festgenommen zu werden. Also mussten die beiden Streifenhörnchen so weit wie möglich vom Korbacher Hessentags-Festival entfernt werden. Ihm kam eine Idee.

Usseln, Willingen, Bruchhauser Steine – eine reizvolle Motorradstrecke für Irene. In Olsberg waren sie miteinander verabredet, Irene, Jojo und Claudia. Sie saßen am Tisch im Café Deimel.

„Ich habe die Kollegen in Meschede informiert, dass Sudl womöglich in Gefahr ist. Sie hörten sich nicht sehr motiviert an, wahrscheinlich halten sie nicht viel von der hessischen Polizei. Immerhin haben sie sich Sudls Adresse und meine Handynummer notiert."

Jojo nagte an den Resten einer **Knochenwurst** herum. „Was meinst du", fragte er die Kommissarin, „sollen wir mal bei ihm vorbeifahren?"

„Wozu sind wir denn sonst hier?", schaltete sich Claudia ein und schaute auf Jojos Teller. „Zum Verzehr eines unverdaulichen Fleischprodukts?"

Etwas miaute. Claudia schaute hinter sich und unter den Tisch, konnte aber keine Katze entdecken. Bis sie verstand, als Irene das Telefon aus der Jackentasche holte.

„Falter." Sie lauschte konzentriert und kräuselte ihre Stirn. „Ja. – Verstehe. – Ja, ich kann gleich bei Ihnen sein. In zwanzig Minuten." Sie beendete das Gespräch.

„Sudl ist tot", informierte sie ihre Gegenüber. „Wohl schon seit vorgestern Nacht. Die gleiche Handschrift. Vier Schnitte in die Stirn."

„Davon stirbt man nicht", meinte Jojo ungerührt.

„Aber von Stromstößen."

Jojo hob die Brauen: „Elektrischer Stuhl?"

„In dem Fall wohl eher ein elektrisches Bett", korrigierte die Kommissarin und drängte zum Aufbruch.

Irene fuhr auf ihrer Moto 6.5 voraus, Jojo hinterher, und Claudia musste auf ihrer ungedämpft schreienden Laverda das Schlusslicht bilden. Noch nicht einmal vier Kilometer trennten sie von Gevelinghausen. Von einem Kreisverkehr am Ende Olsbergs führte die Straße steil den Berg hinauf. Der Verkehr war dicht, eine Autoschlange kam ihnen entgegen.

„Ja, hat der sie nicht mehr alle?", schrie Jojo in seinen Helm, als ein alter blauer Kombi aus der Schlange heraus schlingerte und fast in den Gegenverkehr geriet, bevor der Fahrer seinen Wagen wieder unter Kontrolle hatte. Jojo und Claudia konnten knapp ausweichen, denn nach rechts bot sich keinerlei Notausgang an. Irene hatte nichts mitbekommen und strebte Gevelinghausen zu. Die beiden anderen folgten, wenn auch mit erhöhtem Puls.

Am Ortsende bogen sie nach links ab und hatten kurz darauf das Haus erreicht, das von Polizei-Flatterband umspannt war. Gelangweilt standen zwei Uniformierte dahinter.

„Hier können Sie nicht durch!", beschied einer der Polizisten die drei Motorradfahrer und hob die Hand. Irene Falter knöpfte die Jacke auf und zog ihren Dienstausweis hervor. Der nordrhein-westfälische Beamte nahm das Dokument, studierte es stirnrunzelnd und zeigte den Ausweis darauf seinem Kollegen. „Aus Hessen!", meinte er abschätzig. Und zu Irene: „Sie sind ein bisschen zu weit gefahren. Das hier ist nicht mehr Ihr Revier."

Da war er genau richtig beim Zitronenfalter. Sie fletschte die Zähne und stieg vom Motorrad: „Ihr Vorgesetzter hat mich gerade angerufen und gebeten, herzukommen. Sie können gerne nachfragen. Sie werden jetzt das Flatterband heben und uns alle zum Tatort lassen."

„Das werde ich nicht", plusterte sich der Beamte auf, hielt die Hände nach vorne gestreckt und stellte sich breitbeinig vor Irene. Sie senkte den Blick auf das lockere Band, das zwischen ihnen hing, griff es und schlang es blitzschnell um die Handgelenke des Uniformierten. Ein Knoten sorgte dafür, dass er es nicht so schnell loswerden konnte.

„He! Hallo!", rief er, weil ihm nichts Besseres einfiel. Ungerührt hob Irene Falter das Band, ging drunter durch und winkte Claudia und Jojo, ihr zu folgen. Ein Damaszenerstahlblick von ihr nagelte den anderen Kollegen fest, wo er stand, sodass er es nicht wagte, einzugreifen. Neben ihm brüllte der Gefesselte: „Jetzt mach mich doch los! Und halt die Leute auf!" Beides gleichzeitig widersprach sich, und so entschloss sich der Polizist, lieber ganz tatenlos zu bleiben.

Als sie zu dritt zum Haus gingen, kam ihnen ein bärtiger Mittfünfziger entgegen, der sich als der zuständige Kommissar aus Meschede vorstellte. „Schön, dass Sie so schnell kommen konnten, Frau Kollegin." Er warf einen Seitenblick auf die beiden Beamten, von denen sich der ältere gerade seiner Flatterbandfesseln entledigte, mit verhaltenem Ärger vor sich hin brummelte, aber nicht wagte, in Anwesenheit seines Vorgesetzten Krawall zu schlagen.

Irene Falter stellte ihre beiden Begleiter als Helfer und Zeugen vor, was ihr nordrhein-westfälischer Kollege mit Befremden zur Kenntnis nahm, aber nicht widersprach. Im Haus war die Spurensicherung fertig und die Leiche Walter Sudls bereits abtransportiert worden. Jojo stellte sich vor, wie vier starke Männer den Zinksarg mit dem Fettkloß unter Mühen aus dem Haus gewuchtet hatten.

Sie sahen sich um. Die Terrassentür war aufgebrochen, und laut Spusi hatte sich der Täter keine Mühe gegeben, Fingerabdrücke zu vermeiden. War er sich so sicher, nicht geschnappt zu werden? Das Bett im Schlafzimmer war zerwühlt und mit ein paar kleinen Blutflecken versehen. Ein Kabel mit Stecker und Klemmen lag neben dem Bett, und der Kommissar berichtete, dass der Tote unter Strom gestanden habe, als man ihn fand. Es roch noch immer nach verbranntem Fleisch.

Jojo schluckte. Walter Sudl war zwar eine Dreckbacke gewesen, die man hätte aus dem Schuldienst entfernen sollen. Aber einen solch grausamen Tod würde er seinem ärgsten Feind nicht wünschen.

„Hat er wenigstens ein schnelles Ende gehabt?", fragte er.

„Ich fürchte, nein", antwortete der Kommissar. „Wir haben zahlreiche Brandspuren auf dem gesamten Körper gefunden. Er muss gefoltert worden sein, bevor er starb."

„Lebte er allein?"

„Ja, seine Frau hatte sich wohl vor Jahren von ihm getrennt. Er war aber, wie die Nachbarn sagen, noch ganz rüstig und konnte sich selbst versorgen. Warum dann der Pflegedienst regelmäßig kam, weiß ich nicht."

„Vielleicht hat Sudl eine Bedürftigkeit vorgetäuscht, um in den Genuss staatlicher Hilfe zu kommen?", schlug Jojo vor. „Zuzutrauen wäre ihm das, so wie ich ihn kannte."

„Sie kannten ihn?"

Sie hatten genug gesehen und sehnten sich nach frischer Luft. Vor dem Haus berichtete Jojo dem Kommissar von der Vergangenheit Walter Sudls, und Irene ergänzte dies mit Informationen über die drei anderen Morde an Korbacher Ex-Lehrern. „Es ist zu vermuten, dass noch weitere Opfer auf der Liste des Täters stehen", schloss sie, und ihr Kollege versprach, sich umgehend mit Cemalettin Doğan in Verbindung zu setzen, um das Vorgehen zu koordinieren.

„Ihre Zeugenaussage", wandte er sich an Jojo, „müssten wir protokollieren. Ich würde Sie bitten, zu dem Zweck mit auf die Wache in Olsberg zu kommen." Jojo war einverstanden, und Claudia verkündete, ihn begleiten zu wollen. Die Kriminalhauptkommissarin hingegen hatte es eilig. Sie wollte so schnell wie möglich nach Kassel zurück, um sich mit ihren Soko-Kollegen zu besprechen. So verabschiedeten sie sich, und der Journalist sowie die Vulkanologin folgten dem Dienstwagen des Kommissars.

Acht

W as sagt die Datei?"

„Nichts. An allen Tatorten dieselben Spuren, aber die DNA ist bei uns nirgends registriert." Irene Falter besprach mit Cem Doğan und den anderen Kolleginnen und Kollegen der Sonderkommission das weitere Vorgehen.

„Niemandem ist etwas aufgefallen", berichtete Uwe Erpel, ein großer, schlanker Polizist. „Weder in Korbach, Barhöft oder Gevelinghausen. Der Kerl scheint ein Phantom zu sein. Nur in Hessisch Lichtenau will eine Frau einen Mann an einem Bankautomaten gesehen haben und behauptet, dass das der gesuchte Mörder sei. Die Kameraaufzeichnung zeigt aber nur einen Kerl mit Kapuze."

„Sicher, dass unser Täter ein Mann ist?"

„Die Grausamkeit und notwendigen Kräfte deuten darauf hin. Und noch wissen wir nicht, wie er sich bewegt. Zwischen den Tatorten liegen ja gewaltige Strecken. Von auffälligen Fahrzeugen ist nichts bekannt, und die Taxi- und Busfahrer sind alle befragt worden. Nichts."

„Was ist denn mit der Ehefrau von Heltdorf?", wollte Irene wissen. „Ist sie vernehmungsfähig? Kann sie eine Täterbeschreibung geben?"

Cem Doğan schnaubte ärgerlich. „Die Kollegen in Stralsund scheinen ein Schweigegelübde abgelegt zu haben. Sie wollen nichts herausgeben. Offenbar haben sie die fixe Idee, sie könnten ihren Fall alleine lösen. Sie wollen halt glänzen. Zum Teil auch verständlich, da dort wie bei uns immer mehr Personal gekürzt wird."

„Dann bleibt uns nur, weitere potenzielle Opfer zu schützen, ob sie das wollen oder nicht. Bei der Observierung geht uns vielleicht der Täter ins Netz."

„Also, welche Ex-Lehrer haben wir noch?"

Abt, ein junger Kollege, der erst vor kurzem zur Kripo gewechselt war, schaute in die Liste. „Max Freidank, Brigitte-Johanna Sirius-Vogelsang, Sigwart Heilmann."

„Mehr Lehrer gab es nicht an der Schule?"

„Doch, natürlich. Viele sind aber bereits verstorben. Das macht es leichter für uns."

„Drei Personen also noch. Wohnen die alle in Korbach?"

„Nur die Sirius-Vogelsang und der Heilmann", meinte Irene Falter. „Und der will sich nicht beschützen lassen. Er besitzt laut seiner Aussage übrigens eine Waffe, ich nehme an, ein Gewehr, da er Jäger ist. Ich hoffe nicht, dass er damit Unsinn anstellt."

„Das Risiko ist mir zu groß", befand Cem Doğan. „Bis der Fall geklärt ist, wird er die Waffe abgeben müssen."

„Das wird er nicht freiwillig tun, schon gar nicht an mich. Da müssen kräftige Kollegen hin. Freidank wohnt nicht mehr in der Gegend, sondern in Lauenförde an der Weser. Na, das ist jedenfalls nicht ganz so weit entfernt."

Cem Doğan überlegte. Die zwölf Hanseln in seiner Soko reichten für den Rund-um-die-Uhr-Schutz von drei Personen bei weitem nicht aus. Zumal Lauenförde in einem anderen Bundesland lag. Und wenn es das betraf, musste er über das Bundeskriminalamt eine Einheit anfordern, die überall tätig werden konnte. Auch an der Ostseeküste. Er seufzte. Die Pappnasen im BKA waren erstens träge und zweitens hochnäsig, wenn ein kleiner Kripomann aus der Provinz etwas von ihnen wollte. Egal, er musste es versuchen.

Mindestens einen noch! Dann wäre die Botschaft deutlich genug. Und hoffentlich effektiv. Korbach ist nicht weit entfernt. Natürlich werden sie dort nach ihm suchen, zumal Nick, das Oberschwein, als erster dort baumelte. Aber er hat ja den Zeitpunkt günstig gewählt: Zum Hessentag ist die Kleinstadt mit Besuchern und Touristen überfüllt, und in der Menge von Fremden würde er nicht weiter auffallen. Aber sollte er nicht zuerst lieber nach Lauenförde fahren? Für Korbach hätte er immer noch Zeit, der Hessentag dauert ja noch eine Weile.

Doch er braucht Kraft. Ihm scheint, dass er diese mehr und mehr verliert. Die Schmerzen bohren. Er muss sich erholen. Eine Pause einlegen.

Ein Wegweiser zeigt nach rechts zu den Bruchhauser Steinen. Er biegt ab. Hält auf dem Waldparkplatz, legt sich hinten in den Kombi. Nur ein paar Stunden, dann wird es wieder gehen.

Sie hatten die Protokolliererei hinter sich. „Wenn du Lust auf einen Korb voller Kulturveranstaltungen hast", schlug Jojo Claudia vor, „dann komm mit mir nach Korbach zum Hessentag." Claudia hatte Lust.

Jojo hingegen ließ die Bemerkung von Irene Falter keine Ruhe, einst hätten sich Schüler der Alten Landesschule das Leben genommen. Das war zu seiner Zeit gewesen. Es musste doch jemanden geben, der sich daran erinnerte! Wenn er die Atmosphäre der Kleinstadt richtig einschätzte, hatte man damals solche Dinge schnell vergraben und Gras darüber wachsen lassen. Und eben solche Erinnerungen wollte Jojo nun exhumieren.

Sie stiegen auf ihre Maschinen und fuhren los. Die gewundene Straße führte am Gierskoppbach entlang, bis sie sich hinter Elleringhausen in eine scharfe Kurve Richtung Bruchhauser Steine legte.

Einst hatten Riesen, so ging die Legende, Streit bekommen und sich mit gewaltigen Steinbrocken beworfen. Weit über die Baumwipfel ragten bis über neunzig Meter hoch vier Felsen hinaus. Vor zweitausendfünfhundert Jahren hatte sich zwischen ihnen eine Wallburg befunden, von der noch heute Reste zu sehen waren.

Die Steine waren vulkanischen Ursprungs, und so wollte Claudia Näheres über sie wissen. Sie bog rechts ab, und Jojo musste ihr folgen, wollte er sich nicht von ihr trennen. Als Kind war er bei Familienausflügen auf den Felsen herumgeklettert, und so wunderte er sich, dass heute die Besteigung Eintritt kostete. Offenbar war der Grund privat und gehörte laut Aushang zu der Verwaltung eines Feudalbesitzes. Im einundzwanzigsten Jahrhundert! Jojo schüttelte den Kopf.

Nein, beide Motorradfahrer waren nicht bereit, für ein nicht von Menschen geschaffenes Naturdenkmal Geld zu bezahlen. Andere Besucher sahen dies jedoch nicht so eng. Hier parkten etliche PKWs, und auf dem Gipfel des „Feldstein" genannten Felsens sah man Leute krabbeln. Irgendetwas irritierte Jojo, doch er fand nicht heraus, was es war. In einem Winkel seines einundsechzigjährigen Kopfes versteckte sich ein Gedanke, den er nicht zu fassen bekam.

So kehrten sie wieder um und strebten der B 251 zu, die sie nach Willingen führte. Claudia fuhr Jojo hinterher.

„Ski und Rodel gut!", hieß es mehrere Monate lang in dem Wintersportort, der knapp noch zu Hessen gehörte. Nun aber war es Ende Mai, und statt Schlitten und Skiern stand ein Polizeifahrzeug am Ortseingang. Jojo war vorbeigefahren, als er im Rückspiegel sah, dass zwei blau Uniformierte

Claudia mit ihrer Laverda auf die Seite winkten. Er stoppte und drehte um. Was wollten die beiden Streifenhörnchen von ihr? Sie war sicherlich nicht zu schnell gefahren.

Er kam hinzu, als Claudia gerade ihre Papiere einem der Beamten übergab. Einem sehr dicken Beamten, während der andere, spindeldürr, einen Stepptanz um die Laverda herum aufführte. Oh nein! Jojo kannte die Gesichter. Was hatte diese beiden Intelligenzmangelbullen von Melsungen ins Upland verschlagen? Vor Jahren hatte er mit ihnen in Spangenberg zu tun gehabt, dem Ort in Nordosthessen, in dem er als Kind groß geworden war. Zugegeben – „groß" war bei seiner Länge von einem Meter fünfundsechzig ein relativer Begriff. Jedenfalls hatten die beiden – wie hießen sie noch? Kiefer und Kuminz? – nach Kräften die Ermittlungen behindert, indem sie, wo immer sie auftauchten, Chaos verbreiteten.

Dies wollten sie offenbar in Willingen fortsetzen. „Spritz- äh, Spritzschutz fehlt!", fistelte Kiefer gerade in freudiger Empörung und tänzelte hinter dem Motorrad herum. Hoffentlich würde er nicht Claudias Zwei-in-keins-Auspuffanlage bemängeln, denn das Fahrgeräusch ihrer Laverda, das einem startenden Abfangjäger glich, war sicherlich nicht vorschriftenkonform. Doch der Polizist hatte anderes im Sinn.

„Haben Sie, haben Sie, äh, einen alten Lehrer? Korbach, äh, tot?", wollte er von ihr wissen und fingerte bereits an seinen Handschellen herum, die ihm vom Gürtel hingen, ihm nun entglitten und im Straßendreck landeten. Claudia sah ihm verständnislos zu.

„KarlKarl", rief er dem Kollegen zu, „äh, festnehmen!"

Der schien ihn nicht weiter zu beachten und wandte sich Jojo zu. Er erkannte ihn und wurde blass.

Jojo fletschte die Zähne. „Schönen Gruß von Oberkommissar Cemalettin Doğan!", bestellte er, vor Freundlichkeit triefend, dem dicken Beamten. Cem Doğan hatte die beiden seinerzeit dermaßen eingetopft, dass sie keinerlei Bedürfnis verspürten, ihm näher als acht Kilometer zu kommen.

Claudia war mittlerweile vom Motorrad gestiegen und hatte es aufgebockt. Konrad Kiefer rutschte auf den Knien neben der Maschine herum. „Ist in Ordnung, Konrad", meinte Kuminz zu ihm, während er der Frau die Papiere zurückgab. „Die können weiterfahren!"

Doch Kiefer wollte sich nicht beruhigen lassen. Wenn schon nicht sofort nachzuweisen war, dass es sich bei der Frau um eine Mörderin handelte, so wollte er wenigstens das Motorrad genau inspizieren. Er wackelte planlos am Hinterrad, fuhr mit der Hand über den Seitendeckel und beabsichtigte schließlich, den Festsitz des Motors im Rahmen zu prüfen. Dazu umfasste er den Auspuffkrümmer.

Ein Auspuffkrümmer wird nach längerer Fahrt heiß. Ziemlich heiß. Bis zu sechshundert Grad Celsius. Eine unbehandschuhte Polizistenhand ist dem nicht gewachsen, wenn der Kontakt über zwei Nanosekunden hinaus andauert.

Claudia Dunkmanns Laverda würde in Zukunft mit etwas Polizistenhaut am Krümmer weiterfahren müssen, und ein dürrer Beamter wirbelte wie ein Derwisch um den Streifenwagen herum. Er heulte dabei gleich einem mondsüchtigen Wolfsrudel, nur unterbrochen von Schreien wie: „Angriff! ... Widerstand ... festnehmen ... Anschlag ... äh ... Terror!" Karl Kuminz seufzte, verdrehte die Augen, griff zum Funkgerät und forderte einen Notarzt an.

Aufgrund des Hessentags waren sämtliche Unterkünfte in Korbach und Umgebung ausgebucht. Mit Mühe und Not hatten Claudia und Jojo zwei Zimmer im Lengefelder Landgasthof „Alte Wiese" ergattern können, bevor sie am nächsten Morgen zum sechs Kilometer entfernten Korbach aufbrachen.

Die „Hauer" war ein großer Platz im Westen Korbachs. Der Name stammte vermutlich von der ursprünglichen Verwendung als Zimmerplatz, an dem Fachwerkkonstruktionen aus Holz behauen wurden. Seit vielen Jahren als Festplatz genutzt, dazwischen als Parkplatz, war jetzt zum Hessentag eine große Musikarena dort aufgebaut. Auf der Bühne sollte unter anderem eine Kölner Band um Lupo Immerlaken auftreten, dessen Dialekt ebenso vernuschelt war wie seine politischen Ansichten.

Motorräder benötigen wenig Raum. So konnten Jojo und Claudia ihre Maschinen dicht vor den Absperrungen an der Hauer parken, die das Hessentagsgelände vom Rest der Welt trennten. Im Kassenraum einer nahe gelegenen Tankstelle besorgte sich Claudia ein Festivalprogramm, und Jojo tippte eine Nummer in sein Mobiltelefon.

„Walker."

„Ich grüße dich, Traudel. Jojo hier."

Er erzählte seiner alten Klassenkameradin vom bisherigen Lauf der Ereignisse.

„Nick, Munske, Heltdorf, Sudl. Wenn ich ehrlich sein soll, Jojo, dann hält sich mein Mitleid in Grenzen."

„Ich verstehe dich, Traudel. Aber hätte eine kräftige Abreibung nicht auch gereicht?"

„Dafür, dass diese Fickgesichter – entschuldige den Ausdruck – junge Menschen in den Tod getrieben haben?"

„In den Tod? Heilmann soll vom Suizid mancher Schüler gemurmelt haben. War das so?"

„Und Schülerinnen! Einige haben sich umgebracht."

„Und das ist nie herausgekommen?"

„Natürlich hat das halb Korbach gewusst. Aber offiziell hieß es natürlich: Hier ein Suizid aus Liebeskummer, dort wegen Krach mit den Eltern. Oder es war ein Unfall. Zum Beispiel bei Rico, der auf schnurgerader Straße vor einen Alleebaum fuhr."

„Und die Eltern dieser Schüler? Haben die keinen Aufstand gemacht?"

„Manche haben es versucht, wurden aber nicht ernst genommen. Sie haben dann resigniert. Andere sind aus Korbach weggezogen, weil sie es dort nicht mehr aushielten."

„Und woher weißt du das alles?"

Traudel wurde leise. „Weil ich auch kurz davor stand."

Jojo musste schlucken. Traudel, dieses lebenslustige Mädchen, hätte sich damals beinahe umgebracht? Warum hatte das niemand bemerkt? Er sprach es aus: „Hat das niemand bemerkt?"

„Doch", flüsterte Traudel, „einer hat es bemerkt. Norbert. Und er ist bei mir geblieben, obwohl ich seit damals keine Kinder bekommen kann."

Jojo ahnte es: „Warum?"

Traudel war fast nicht mehr zu hören: „Gift."

Vier Tote. Waren noch weitere Personen gefährdet? Konnte es sein, dass alle die, unter denen er und seine Mitschüler gelitten hatten, dazu zählten? Jojo zog die Liste hervor, die er auch Irene gegeben hatte. Rechnete man diejenigen ab, die ohnehin schon gestorben waren – eines natürlichen Todes! –, dann blieben noch drei Ex-Lehrer übrig:

Sigwart Heilmann, Max Freidank und Brigitte Sirius-Vogelsang. Brigitte-*Johanna*, korrigierte sich Jojo. Sie war immer hysterisch geworden, wenn man ihren ellenlangen Vornamen gekürzt hatte.

Rache also schien das Motiv zu sein. Rache für Kinder, die in den Tod getrieben worden waren. Und wer konnte der Rachemörder sein? Ein Vater oder eine Mutter? Oder gemeinsam? Nein, es war zu lange her, die Eltern waren allesamt entweder schon verstorben oder zu alt, um solche Morde rein kräftemäßig auszuführen. Wer also? Ein Schüler, den die Teufel damals ebenfalls gedemütigt hatten?

Claudia hatte das Veranstaltungsprogramm des Hessentags studiert und stand wieder neben Jojo. Er berichtete ihr von dem Gespräch mit Traudel.

„Du hast erzählt, eure ganze Klasse hätte unter den Lehrern gestöhnt. Ihr hattet gerade ein Klassentreffen. Könnte es jemand von deinen Mitschülern gewesen sein? Sie waren ja immerhin hier, als Nick getötet wurde. Und nach HeLi ist es nicht weit."

Seine Klassenkameraden? Das wollte sich Jojo nicht vorstellen. Er ging sie in Gedanken durch: Elvira, Paul, Werner, Herbert, Hans-Martin – nein, der konnte es zumindest bei Munske nicht gewesen sein, er hatte Jojo ja nach Hause gefahren. Außerdem Rupert, Rike, Ulf und Traudel. Es hatte geheißen, dass es ein Mann gewesen sein musste. Und wenn der zweifelhafte Hinweis des kleinen Mädchens in Barhöft stimmte, war es tatsächlich ein Kerl. Also schieden Elvira, Rike und Traudel aus. Blieben Ulf, Herbert, Paul und Werner. Und Rupert. Und deren Lebensgefährtinnen? Nein, das war unwahrscheinlich. Außer, jemand war mit einer russischen Ringerin verheiratet.

Plötzlich kam Jojo ein Gedanke. Traudel hatte sich damals beinahe umgebracht. Was war mit Norbert, ihrem Mann, der sie seinerzeit gekannt und gerettet hatte? Konnte ein sensibler Musiker zum Mörder aus Rache werden? Wer konnte schon in einen Menschen hineinschauen?

Jojo zog erneut sein Mobiltelefon und rief Irene an.

C em Doğan kommt!" Kriminalhauptkommissarin Irene Falter war gerade im Begriff gewesen, ihr Büro in Kassel zu verlassen und nach Lauenförde zu Max Freidank zu fahren, als Jojos Anruf eintraf. Drei Ex-Lehrer auf dessen Liste waren noch „übrig", das hieß, noch am Leben. Und gefährdet, wenn man Jojos Vermutung Glauben schenken wollte. Wie Cem Doğan gesagt hatte, waren tatsächlich Spezialeinheiten der Bereitschaftspolizei nach Korbach und Lauenförde unterwegs, das BKA hatte schneller gehandelt als befürchtet. Irene Falter wollte vor Ort sein, wenn diese Kollegen den Schutz von Max Freidank übernahmen. Die anderen beiden gefährdeten Personen, Sirius-Vogelsang und

Heilmann, musste Cem übernehmen. In aller Eile unterrichtete sie Jojo darüber.

Der hatte verstanden. In Kürze würden hier Polizisten der Spezialeinheit auftauchen – hoffentlich in Zivil –, um die Häuser von SigHeilmann und Brigitte Sirius-Vogelsang zu beschatten. Um diese zu schützen, falls der mysteriöse Mörder dort auftauchen würde. Er wandte sich an Claudia: „Du möchtest dir ja Veranstaltungen auf dem Hessentag anschauen. Dann trennen wir uns jetzt am besten. Ich werde mal zu dem Haus der alten Lehrerin fahren. Bin neugierig, wie sich die BKA-Leute dort verhalten."

„Das würde dir so passen", grinste Claudia. „Ich bin natürlich dabei, Hessentag hin oder her."

Das Haus von Brigitte-Johanna Sirius-Vogelsang lag im Osten, am Korbacher Stadtrand, nicht weit entfernt von der Alten Landesschule, wo die Frau einst Englisch und Sport unterrichtet hatte. Ein Turm, angebaut an eine Hausecke, verlieh dem Gebäude eine ungewohnte Ansicht, als wenn jeden Augenblick aus einem der Turmfenster ein Burgfräulein mit spitzem Hut herausschauen würde. Wenn das eine Anspielung auf Rapunzel sein sollte, so war sie gründlich misslungen.

Jojo und Claudia parkten ihre Motorräder in einer Seitenstraße. Weit und breit war niemand zu sehen, der für einen Observierer hätte gehalten werden können. In den wenigen parkenden Autos saß kein Mensch. War jemand hinter einer Hecke oder in einem der angrenzenden Häuser verborgen? Wenn das der Fall wäre, so waren dies Meister der Tarnung.

„Und nun?", fragte Jojo.

„Weiß die Frau von der Gefahr, in der sie steckt?"

„Ich glaube nicht. Irene hat Heilmann besucht und unterrichtet, aber meines Wissens nicht Sirius-Vogelsang."

„Dann sollten wir es ihr sagen", entschied Claudia.

Sie machte sich auf den Weg zu dem Haus, noch während Jojo „Das ist doch Sache der Polizei" murmelte.

„Sirius-Vogelsang" stand, in verschnörkelter Schrift graviert, auf einem Messingschild neben der Eingangstür. Darunter ein Klingelknopf, ebenfalls aus Messing. Claudia läutete. Im Haus blieb alles still. War die alte Lehrerin unterwegs? Zur Sicherheit läutete Claudia zum zweiten Mal. Sie wollte sich schon umdrehen, als sie Schritte hörte. Ein altes, glatzköpfiges Männlein öffnete die Tür, blinzelte und schob seine Brille zurecht.

„Ja, bitte?" Seine Stimme piepste, wie das oft bei Greisen der Fall war.

„Dunkmann, guten Tag. Sie sind Herr Sirius-Vogelsang?"

„Nur Vogelsang. Meine Frau hat einen Doppelnamen."

„Ist sie denn zu sprechen?"

„Meine Frau ist nicht zu Hause", quiekte das Männlein.

„Wann ist sie denn zu erreichen?"

„Oh, das weiß ich nicht. Das kann dauern. Sie ist fortgefahren, wissen Sie. Sie will sich mit einem alten Kollegen treffen. Kann ich ihr denn etwas ausrichten?"

„Nein, das ist nicht nötig", dankte Claudia. „Wissen Sie denn, wo sich die beiden treffen wollten?"

Der Alte kratzte sich an seiner Strickweste und schien zu überlegen. „Frei...", sagte er schließlich.

„Freienhagen?", half sie.

„Nein, Frei... – Freidank! Freidank, so heißt der Kollege. Ja."

Claudia spitzte die Ohren. „Und wo?"

„Wo? Ich weiß nicht, wo der wohnt. Aber sie wollten sich im Dornröschenschloss treffen. Ja. Im Dornröschenschloss." Der Greis blickte an Claudia vorbei in die Ferne.

„Wo liegt denn das?"

„Jaja, im Dornröschenschloss", wiederholte das Männlein und versank wieder in Gedanken. Er schien ein wenig verwirrt. „Ich werde es ihr ausrichten, danke", meinte er schließlich und schloss die Tür.

„Weißt du, was er mit ‚Dornröschenschloss' gemeint haben könnte?", fragte Claudia Jojo, als sie wieder beisammenstanden.

Der schüttelte den Kopf. „Keine Ahnung. Vielleicht Schloss Waldeck am Edersee? Meinst du, die beiden wissen, wer ihnen auf den Fersen ist?"

„Das werden wir erfahren, wenn wir wissen, wo das Dornröschenschloss liegt."

Sie stiegen auf ihre Maschinen, um die Frage im Informationsbüro des Hessentags zu klären. Und das war im Rathaus eingerichtet.

Neun

Von wegen „geheime Beschattung"! Kaum waren Claudia und Jojo auf dem Weg in die Altstadt, fiel ein Geschwader des Spezialeinsatzkommandos in Korbach ein. Einem gepanzerten Fahrzeug, dem kürzlich angeschafften „Survivor" mit 330 PS und sieben Litern Hubraum, zweieinhalb Meter hoch und über sechs Meter lang, entstiegen zehn vermummte Polizisten, martialisch kostümiert mit Sturmhauben, Helmen, Stirnlampen, Schutzwesten und -hosen, Stiefeln, Blendgranaten, Pfefferspray, Messern, Funkgeräten und Waffen aller Art. Im Laufschritt verteilten sie sich um das Haus Sirius-Vogelsang und fielen auf die Bäuche in schussbereite Stellungen.

Offenbar hatte der Einsatzleiter etwas missverstanden, was, nebenbei gesagt, nicht allzu selten vorkam. Er riss sein Megaphon vors Gesicht und schrie übersteuernd hinein: „Das Haus ist umstellt. Kommen Sie mit erhobenen Händen heraus, ergeben Sie sich! Sie haben keine Chance!" Mit Sturmhaube und Kinnschutz vor dem Mund verstand er wahrscheinlich nicht einmal sich selbst.

In sämtlichen Häusern der Straße wurden Gardinen zur Seite geschoben, Gesichter tauchten dahinter auf und wieder weg, wenn Mütter ihre Kinder zurück ins Zimmer rissen. Überall war Leben. Außer im Haus Sirius-Vogelsang.

Plötzliche Stille. Den Männern klingelten noch die Ohren vom Geschrei ihres Vorgesetzten. Schnelle ängstliche Blicke nach links und rechts zum Nebenmann. Was hatte die Ruhe zu bedeuten? Hatten sich die Terroristen in dem Haus verschanzt und warteten nur auf die Zündung des Sprengsatzes?

„Man sollte", flüsterte einer der Männer seinem Nachbarn zu, „die Todesstrafe für Selbstmordattentäter einführen!"

„Ihre letzte Chance!", schrie der Einsatzleiter. „Dann stürmen wir!"

Noch immer rührte sich nichts im Haus.

Der Häuptling gab ein Zeichen. Drei Krieger galoppierten auf die Eingangstür zu, um sie einzutreten. Als sie noch achtzehn Zentimeter von ihr entfernt waren, öffnete sie sich.

„Ja, bitte?", konnte Herr Vogelsang gerade noch sagen, bevor sechs Stiefel, die nicht mehr stoppen konnten, über ihn hinwegtrampelten. Die Diele besaß freien Durchgang zum Wohnzimmer, wo die Polizisten, noch voller kinetischer Energie, auf zwei ihrer Kollegen prallten, die durch die offene

Terrassentür in der Rückseite des Hauses gekommen waren.

Fünf Männer in voller Rüstung lagen am Boden, unter ihnen eine Gardine samt aus der Wand herausgebrochener Stange sowie eine Bodenvase, die nun wesentlich weniger hässlich aussah, nachdem sie der Angriff in zahlreiche Scherben fragmentiert hatte.

Der Unterste im Haufen der Männer gab durch die Sturmhaube gedämpfte Schreie von sich, da erstens er das Profil eines Stiefels auf seiner Nase spürte, zweitens sich eine Vasenscherbe in den Oberschenkel gebohrt hatte und drittens ihn die Gardinenstange empfindlich im Schritt quetschte, was er von allem am unangenehmsten empfand.

Während der Einsatzleiter einen Krankenwagen für den Polizisten sowie für Herrn Vogelsang rief, suchten die Spezialeinsatzkräfte im Haus nach weiteren Personen. Doch so viel sie auch an Inneneinrichtung zerstörten, konnten sie keinen weiteren Menschen ausfindig machen.

Am anderen Ende Korbachs hatte der zweite Stoßtrupp wesentlich größere Mühe am Haus von Sigwart Heilmann. Kaum hatte deren Panzer gestoppt und die zehn bewaffneten Beamten waren ausgestiegen, traf ein Schuss die Seite des Kolosses. Sofort gingen alle dahinter in Deckung.

„Na warte!", flüsterte der Einsatzleiter, dessen Träume mit der Anschaffung des Kampfwagens wahr geworden waren. Nicht, dass das Projektil die

Panzerwand hätte durchschlagen können, aber nun war der Tarnlack verletzt!

Ein zweiter Schuss galt den Reifen. „Ha, die sind schusssicher!", dachte der Polizist. Bis er ein leises Pfeifen hörte und der Panzer links in die Knie ging. Wie hätte er auch wissen sollen, dass der Hersteller des „Survivor", der Konzern Moselrost, vertragswidrig an etlichen Details gespart hatte, um noch mehr an dem Rüstungs-Steuersäckel des Staates zu verdienen?

Im Unterschied zu Trupp Eins kam hier der Chef nicht dazu, sein Megaphon zu gebrauchen. „Macht euch vom Acker!", schrie Sigwart Heilmann hinter den zugeklappten Fensterläden hervor, zwischen denen ein Gewehrlauf ragte. Was sollte jetzt geschehen? Hektisch nuschelnd flüsterte der Polizist Sätze in sein Funkgerät, die jedoch am anderen Ende der Verbindung kaum verstanden wurden. Aushungern!, dachte er und gab seinen Leuten die Anweisung, hinter dem Panzerwagen in Deckung zu bleiben, bis der Mann im umstellten Haus aufgeben würde.

Zwanzig Minuten lang herrschte Stille. Sigwart Heilmann wackelte ab und zu mit seiner Langwaffe, und hinter dem Kampfgefährt drückten sich zehn Polizisten aneinander.

Dann öffnete sich die Haustür. Eine kleine Frau trat heraus. „Komm zurück!", brüllte es hinter den Fensterläden. „Die nieten dich um!"

Die Frau zitterte, ließ sich aber nicht irritieren. Sie hob ihre Hände und ging langsam auf den Panzerwagen zu. Als sie seine Front erreichte, wurde sie gepackt und hinter das Auto gezogen.

Das Patt war gebrochen. Doch was nun?

Hinter dem Kampfwagen hielt ein grauer Opel. Zwei Männer in Zivil stiegen aus, einer davon schlank und blond mit Bürstenhaarschnitt. Der Einsatzleiter winkte ihnen hinter dem Panzer hervor zu, sie sollten sich ducken, hier werde geschossen.

Cem Doğan blickte zum Haus, dann zu dem Panzer. Das konnte ja wohl nicht wahr sein! Hatten diese Pappnasen nichts anderes im Sinn, als sich mit einem potenziellen Opfer anzulegen, anstatt es zu schützen?

„Herr Heilmann", rief er dem Mann hinter dem Gewehrlauf zu, „hören Sie auf! Mein Name ist Cemalettin Doğan von der Kripo Kassel. Die Kollegen haben etwas missverstanden und werden gleich wieder abziehen." Und zum Einsatzleiter der Truppe: „Lassen Sie die Frau los, klettern Sie in Ihre Kriegskiste und fahren Sie zurück, wo Sie hergekommen sind!"

Empört wollte der Bundespolizist reagieren, doch zum einen bedachte ihn Cem Doğan mit einem Blick, der acht Hochlandrinder auf der Stelle schockgefrostet hätte, zum anderen huschten seine Untergebenen wie die Wiesel in den Panzerwagen, da sie keine Lust spürten, sich noch weiter einem schießwütigen Greis auszusetzen. So murmelte ihr Chef etwas Undeutliches in seine Sturmhaube, enterte ebenfalls das Fahrzeug und setzte es in Bewegung. Zum Glück verfügte dieses hinten über eine Doppelachse, bei der der intakte Reifen die Last des zerschossenen mittragen konnte.

„Wir kommen jetzt rein!", rief der Oberkommissar, und Sigwart Heilmann hatte offenbar kein Bedürfnis, seine Frau zu erschießen, die Cem Doğan und seinem Kollegen voranging. Gemeinsam traten sie ins Haus.

Vom Bundeskriminalamt war ein dritter Trupp zu Max Freidanks Haus beordert worden. Der vor vielen Jahren bereits pensionierte Lehrer wohnte in Lauenförde, in der Schillerstraße.

Es gibt Straßenkarten und Navigationsgeräte. Diese sind jedoch nur wenig hilfreich, wenn man den Einsatzbefehl nicht richtig liest. Die Entfernung von Lauen*förde* nach Lauen*burg* beträgt rund zweihundertsechzig Kilometer. Und eine Schillerstraße existiert in Lauenburg auch nicht. Immerhin gibt es eine Gemeinsamkeit zwischen beiden Orten: Lauenburg liegt, wie Lauenförde auch, direkt an einem Fluss und in einem Dreibundesländereck. Dennoch war die Kleinstadt an der Elbe in der Nähe Hamburgs nicht der Wohnsitz Max Freidanks, dessen Schutz – und nicht Festnahme! – ursprünglich beabsichtigt gewesen sein mochte. Zur Entlastung des Truppenchefs könnte jedoch angeführt werden, dass diese Maßnahme aus dem Einsatzbefehl nicht hervorging, was ein Beamter beim BKA offensichtlich versäumt hatte.

So irrte ein gepanzerter Streitwagen, besetzt mit einsatzbereiten Beamten, in Lauenburg herum und suchte vergeblich die Schillerstraße. Schließlich landete die Truppe an einem Imbissstand am Elbufer, wo ein paar Motorradfahrer pausierten. Einigen von denen rutschte angesichts der geballten Polizeiarmada das Herz in die Hose, waren sie sich doch ihrer teilweise illegalen Auspuffanlagen, Reifengrößen und fehlenden Kotflügel nur zu bewusst.

Doch die hungrigen Mitglieder des SEK stürmten lediglich die Theke, deren Inhaber alle Hände voll zu tun bekam und einem gesteigerten Umsatz freudig entgegensah. Der Einsatzleiter nahm die willkommene Pause zum Anlass, seine Sturmhaube abzulegen und in der Zentrale nachzufragen, wo sich in jener Einöde eine Schillerstraße befinden solle. Allerdings verlängerte sich sein Gesicht zusehends, als aus dem Funkgerät Beschimpfungen in einer Lautstärke schallten, dass man um das Heil des armen Lautsprechers fürchten musste.

Lauenförde hingegen, weit im Süden, träumte friedlich in den Maientag hinein.

M*itten in der Weser verläuft die Grenze zwischen Nordrhein-Westfalen und Niedersachsen, und*

nur ein paar Schritte entfernt beginnt Hessen. In die-
sem Dreiländereck liegt Lauenförde. Der Flecken hat
zweierlei Interessantes zu bieten. Zum einen lagerte
jahrelang radioaktives Uran in einem Vorgarten, was
die Behörden trotz Hinweisen des Besitzers nicht ernst
nahmen. Zum anderen wurde vor Jahrzehnten eine
alte Villa von den Eigentümern in eine Herberge für
Motorradfahrer umgestaltet, die „Villa Löwenherz",
benannt nach der ursprünglichen jüdischen Besitze-
rin, die 1942 von den Faschisten in den Selbstmord ge-
trieben wurde.

Beides interessiert ihn nicht, sofern er überhaupt
davon weiß. Er will in die Schillerstraße, die in dem
kleinen Ort leicht zu finden ist.

Noch zwei Tabletten. Er wird sie sich für später
aufheben. Aus dem Auto muss er sich hinausquä-
len. Manchmal brennt der Schmerz wie Feuer, und
manchmal ist er dumpf. Jetzt brennt er.

Er steht vor der Haustür. Die Tasche hat er um-
gehängt. Es ist kurz vor Mittag. Freidank, der alte
Mann, müsste jetzt zu Hause sein. Er läutet.

Eine Frau um die vierzig öffnet. Sie hat eine Schürze
umgebunden und Gummihandschuhe übergezogen.
Mist! Sie wird ihn wiedererkennen. Und wenn schon?
Dies ist ohnehin seine vorletzte, wenn nicht sogar
letzte Station. Danach ist es ohnehin egal.

„Guten Tag. Zu wem möchten Sie?"

„Max ..." – er ist heiser und muss sich räuspern –
„Max Freidank. Ist er zu Hause?"

„Tut mir leid. Er ist nicht im Haus. Ich mache nur die Wohnung sauber. Einmal die Woche. Soll ich ihm etwas ausrichten?"

„Wo kann ich ihn denn erreichen?"

„Er wollte sich mit jemandem treffen. Auf der Sababurg. Wissen Sie, wo die steht? Bei Hofgeismar."

„Ja, die kenne ich." Er überlegt. „Na, dann werde ich in den nächsten Tagen mal wiederkommen."

„Am besten ist es, Sie rufen vorher an. Damit Herr Freidank auch zu Hause ist."

„Das werde ich machen. Danke."

„Wie ist denn Ihr Name?"

Er verhaspelt sich. „Tull ... Tullensorg. Es ist aber nicht so wichtig. Ich möchte Herrn Freidank nur mal sehen, nach den vielen Jahren."

Er verabschiedet sich und geht zu dem alten Ford zurück, zurück über die Weser, und dann auf der B 83 weiter nach Süden.

Tullensorg! Wie kam er bloß auf diesen bescheuerten Namen? Er lacht. Trotz der Schmerzen.

Natürlich konnten sie nicht bis zum Rathaus fahren. Die Altstadt war wegen des Hessentags gesperrt, und nicht einmal Motorräder hatten freie Zufahrt. So mussten Claudia und Jojo in der Nähe des Enser Tors parken und den Rest zu Fuß bewältigen. Glücklicherweise war das Wetter trocken. Ihr Spaziergang wurde unterbrochen, weil Jojos Mobiltelefon wieherte.

„Jordan."

„Traudel hier, ich grüße dich."

„Hallo Traudel, was gibt's?"

„Ich wollte mal hören, wie es bei dir läuft. Habt ihr euren Täter schon?"

Jojo verneinte und berichtete der Staatsanwältin vom Stand der Dinge, soweit er sie kannte. „Offenbar", schloss er, „haben sich die letzten Überlebenden auf einem Schloss verabredet. Vielleicht ahnen sie etwas."

„Wer sind denn die ‚letzten Überlebenden'?"

„Sigwart Heilmann, Max Freidank und Brigitte-Johanna Sirius-Vogelsang. Ob allerdings Heilmann dabei ist, weiß ich nicht. Der Vogelsang-Gatte hat nur von Freidank gesprochen."

„Der Freidank und die Spiritus?"

„Spiritus?"

„So haben wir sie genannt, zum einen, weil sie an der Flasche hing, zum anderen, weil sie einen Hang zum Spirituellen hatte. Das Weib war ziemlich esoterisch drauf. Die hat uns mit Horoskopen und im Sport mit Feldwebelgebrüll gequält. Eine Giftspritze, wie sie im Buche steht. Und Klassenarbeiten hat sie grundsätzlich nur in Vollmondnächten korrigiert. Was heißt ‚korrigiert' – ausgependelt hat sie die Zensuren! Und wo wollen die sich treffen?"

„In irgendeinem Dornröschenschloss. Ich denke, das ist die Burg Waldeck."

„Nein, Jojo, das ist die Sababurg im Reinhardswald. Die gilt schon lange als ‚Dornröschenschloss‘, nach dem Märchen. Und das würde zu der Spiritus passen. Die hat da manchmal an Séancen teilgenommen.“

„Woran?“

„Séancen. Das sind diese Quacksalber-Sitzungen, wo alle die Hände auf einen wackligen Tisch legen und auf Nachrichten aus dem Jenseits hoffen. Ich weiß das, weil ich die Sababurg ganz gut kenne. Ein Onkel war dort beschäftigt und hat mir alles gezeigt.“

„Sababurg“, informierte Jojo Claudia. Und zu Traudel: „Ich danke dir, Traudel! Fast wären wir jetzt in die falsche Richtung gefahren.“ Er beendete das Gespräch. „Auf die Pferde!“

Reinhardswald. Im äußersten Norden Hessens liegt das größte zusammenhängende Waldgebiet des Bundeslandes, dünn besiedelt und legendendurchwoben. Düster sind die Begebenheiten, die sich in ihm abgespielt haben sollen, wenn man den Brüdern Grimm glauben darf. So ist es nur folgerichtig, dass dort der erste deutsche Bestattungswald angelegt wurde. Ein Teil der Gegend ist als Urwald belassen, in den nicht von Menschenhand eingegriffen werden darf.

Inmitten dieses Zauberwaldes erhebt sich die Sababurg. Da sie einst von einer fünf Kilometer langen Dornenhecke umgeben war, gilt sie als Dornröschenschloss. Die Hecke ist schon seit langem gerodet, und auch die junge Frau und ihr Prinz sind nicht mehr sterblich. Immerhin wird im Schlosstheater hin und wieder an das Märchen erinnert, und Hotel- und Cafégäste mögen sich verzaubert fühlen.

An diesem trüben Tag allerdings waren zwei alte Menschen die einzigen Gäste des Restaurants. An einem abgelegenen Tisch unterhielten sich die Frau und der Mann angestrengt, aber leise. Die **Fasanenbrust** mit Feldsalat, Walnüssen und Apfel-Preiselbeer-Chutney zwischen ihnen auf dem Tisch wurde kalt.

Schließlich winkte der Mann dem Kellner, um zu zahlen. Der lehnte an der Theke und machte einen Eindruck, als ob er sich in der Dornenhecke des Märchenschlosses verfangen hätte. Als er jedoch den Wink sah, straffte er sich und kam zu dem Tisch der beiden. Als er die nur halbleeren Teller sah, fragte er: „Hat es Ihnen nicht geschmeckt?"

Der alte Mann sah ihn an und meinte: „Doch, durchaus. Aber hat uns vorhin nicht Ihr Kollege bedient?"

„Personalwechsel!", gab der knapp zurück.

Der Mann gab dem Kellner ein fürstliches Trinkgeld.

„Herzlichen Dank", verneigte sich dieser. „Darf ich Ihnen dafür vielleicht noch etwas zeigen?"

„Was möchten Sie uns denn zeigen?", fragte die alte Frau misstrauisch.

„Das Dornröschenzimmer. Der Raum, in dem die schöne Königstochter hundert Jahre lang schlief, nachdem der Fluch gewirkt hatte."

Das wollte die Frau allerdings sehen, denn normalerweise konnte das Zimmer nicht besichtigt werden. So nahm der Kellner das Paar ins Schlepptau, griff sich eine Umhängetasche, und das Dreiergespann verließ den Gastraum.

E s begann zu nieseln, als zwei Motorräder Volkmarsen Richtung Nordost passiert hatten. Eines der beiden, eine violett lackierte Laverda, war auf mehrere Kilometer zu hören, wodurch das Geräusch der Montesa vollständig überbrüllt wurde.

Claudia Dunkmann wunderte sich. Da fuhr sie nun seit hunderten von Kilometern hinter einem Mann her – zugegeben: manchmal auch vor ihm her –, und das, obwohl sie seit vielen Jahren eine überzeugte Einzelgängerin war. Sie hatte sich in ihrem Leben immer durchsetzen müssen. Zunächst gegen ihren älteren Bruder, dann gegen ihren Vater, der sie nicht hatte studieren lassen wollen. „Was willst du denn mit einem Beruf?", hatte er bereits geblafft, als sie nach dem Realschulabschluss weitermachen und das Abitur erreichen wollte. „Du heiratest ja doch. Mädchen brauchen keinen Abschluss. Hauptsache, sie können kochen und putzen."

Sie war stur geblieben, hatte sich eine Wohnung gesucht und war auf die Oberschule gegangen. Natürlich war von ihrem Elternhaus keinerlei Unterstützung gekommen. Sie hatte gekellnert und Zeitungen ausgetragen, um sich Wohnung, Schule und später Studium zu finanzieren. Und den Motorradführerschein. Es war hart gewesen, aber ihr Dickkopf hatte gesiegt. Und ihre Furchtlosigkeit. Wer ihr querkam, hatte nichts zu lachen. Inklusive der Vater, der ihr irgendwann völlig gleichgültig geworden war. Immerhin hatte er sie nicht geprügelt, durchaus nicht selbstverständlich. Eine Freundin beispielsweise hatte unter dem gewalttätigen Vater gelitten, bis sie eines Tages einen schweren Pressglas-Aschenbecher gegriffen und dem Alten gegen den Bauch geschleudert hatte. Der Mann hatte dadurch einen Magenbruch davongetragen, musste operiert werden und hatte knapp überlebt. Aber ab da hatte er seine Kinder nicht mehr geprügelt.

Ja, so musste mit solchen Dreckskerlen umgegangen werden, war Claudia überzeugt. Diese Schläger verstanden nur Gegengewalt. Die so heftig sein musste, dass die Sackgesichter nicht mehr wagten aufzumucken.

Männer hatten Claudia nicht interessiert, seit sie gemerkt hatte, dass sie den meisten intellektuell und oft auch körperlich überlegen war. „Frühling,

Sommer, Herbst und Winter – große Klappe, nichts dahinter", zitierte sie häufig den verstorbenen Robert Gernhardt, wenn sie mal wieder mit einem Großmaul zu tun hatte.

Und nun? Was war mit Jojo? Nein, er war kein geistiger Überflieger, auch seine Körperkräfte hielten sich in Grenzen. Er war fast zwanzig Jahre älter als sie, und es gab weitaus hübschere Männer. Und vor allem schlankere! Was also hielt sie an seiner Seite? War es seine Neugier, allem auf den Grund zu gehen? Die Tatsache, dass er wie sie ausschließlich Motorrad fuhr?

Wahrscheinlich war es sein Einzelgängertum, dem sie sich verwandt fühlte. Es gab wenige Männer, die ihr Leben selbst in die Hand nehmen und organisieren konnten. Die meisten brauchten doch einen Mutti-Ersatz und waren, obwohl sie angaben wie manche Berliner Regierenden, hilflos, wenn sie ihren Alltag bewältigen mussten. Und das war unabhängig von ihrer Ausbildung und ihrem Beruf. Mancher Fliesenleger hatte mindestens so viel drauf wie etwa der eine oder andere Doktor der Theologie, der nur deshalb das Ende seines Studiums lebendig erreicht hatte, weil ihm seine Gattin regelmäßig Butterbrote strich, die warmen Socken bereitlegte und die Pillen gegen Magenleiden und Schweißfüße ins Müsli bröselte. Claudia kannte Angelernte an der Faltschachtelstanze, die lebensfähiger waren als ein Universitätslurch, dessen Visitenkarte aus einem

Leporello bestand, damit alle achtzehn Doktortitel darauf passten. Dennoch genoss der arbeitende Mensch nicht die gleiche gesellschaftliche Anerkennung wie ein Philosophieprofessor, der nur mit Mühe den Lichtschalter fand und Angst hatte, dass Wasser beim Kochen anbrannte.

Claudia wusste, wie man mit der Hand am Arm arbeiten konnte, und sie wusste, wie man studiert und sich durchsetzt. Beide Lebensbereiche waren ihr vertraut, und das hatte ihrem Selbstbewusstsein gut getan. Sie war ihr eigener Herr und ihre eigene Frau.

Sie entschied sich: Solange es angenehm war, mit Jojo zu fahren und zu ermitteln, würde sie es tun. Und wenn nicht, würde sie sehr schnell wieder ihre eigenen Wege gehen. Ja, befand Claudia, auch wenn sie gerade hinter einem Motorradjournalisten herfuhr, war sie ja nicht sein Wackeldackel.

Sie lächelte in ihren Helm hinein, drehte am Quirl, dass die Alleebäume die Blätter verloren, und schloss zu der grünen Montesa auf.

Lauenförde, Schillerstraße. Kriminalhauptkommissarin Irene Falter wollte gerade den Klingelknopf drücken, neben dem „Freidank" stand, als sich die Haustür öffnete und eine Frau im Mantel heraustrat.

„Guten Tag! Können Sie mir sagen, ob Herr Freidank zu Hause ist?"

„Sie sind heute schon die Zweite, die nach ihm fragt. Sind Sie eine Begleitung von Herrn Tullensorg? Ich habe ihm doch schon gesagt, dass Herr Freidank zur Sababurg gefahren ist."

Irene Falter nestelte ihren Polizeiausweis heraus und hielt ihn der Frau unter die Nase. „Falter, Kripo Kassel. Wie, sagten Sie, heißt der Mann, der nach Herrn Freidank gefragt hat?"

In der Frau erwachte die Neugier. „Hat Herr Freidank etwas angestellt? Suchen Sie nach ihm?"

Der Zitronenfalter wurde sauer. „Bitte beantworten Sie meine Frage. Wie hieß der Mann?"

„Freidank. Hab ich doch gesagt."

„Nein, der Mann, der nach Freidank *gefragt* hat!", herrschte Irene Falter ihr Gegenüber an. Wie konnte man nur so begriffsstutzig sein?

„Ach, der!"

„JA, DER!"

„Tullensorg", meinte die Frau, nun eingeschüchtert.

„Wann war das?"

„Wann war *was*?"

Plauderte sie mit einer Qualle? Irene Falter sprach nun langsam und überdeutlich, da der Intelligenzquotient der Frau ihre Körpertemperatur nicht zu übersteigen schien. „Wann – war – Tullensorg – hier?"

„Das muss so vor einer Stunde gewesen sein. Er wollte dann in den nächsten Tagen wiederkommen, wenn Herr Freidank zu Hause wäre."

„Würden Sie ihn wiedererkennen?"

„Na klar, ich putze ja einmal in der Woche für ihn."

Irene Falter schloss die Augen. Das durfte ja wohl nicht wahr sein! „Würden Sie Herrn *Tullensorg* wiedererkennen?"

„Ich glaube schon. An seinem blauen Auto."

Nein, das hatte keinen Sinn. Die Kommissarin ließ sich Namen, Adresse und Telefonnummer der putzenden Napfsülze geben, verabschiedete sich und bestieg ihre Aprilia. Auf zur Sababurg!

Zehn

Natürlich hätten auch Motorräder wie Autos auf dem offiziellen Platz geparkt werden müssen. Doch Jojo fuhr, an einem Stahlschnitt von Alfons Holtgreve vorbei, durch das Burgtor auf den Innenhof der Sababurg – zum einen, weil er zu faul war, den Anstieg vom Parkplatz aus zu erklimmen, zum anderen, weil er ihn auf dem Parkplatz wiedererkannt hatte: einen alten blauen Ford Kombi. Der hatte ihn auf dem Weg nach Gevelinghausen beinahe von der Straße geholt, und später hatte ihn Jojo bei den Bruchhauser Steinen gesehen. Und nun hier! War das Zufall? Sollte es sich bei dem Fahrer womöglich um ...? Und wenn ja, dann war er hier!

In dem Augenblick kam ein kleiner, dicker Mann in Weiß aus dem Burgrestaurant ins Freie gerannt und schrie aufgelöst nach Polizei und Krankenwagen – was man allerdings erst verstehen konnte, nachdem Claudia den Motor ihrer Laverda abgestellt hatte.

Zu dritt stürzten sie in den Gastraum. Der Weiße – offensichtlich der Koch, beurteilte man ihn nach den Soßenflecken auf seiner Schürze – zeigte zitternd auf einen Mann, der reglos hinter der Theke lag. Claudia fühlte nach dem Puls an dessen Hals und nickte. Der Mann lebte. Ein großer blauer Fleck am Genick ließ vermuten, dass er von hinten niedergeschlagen worden war. Jojo tippte die Eins-

Eins-Zwo in sein Mobiltelefon und bat um die Autos mit den blauen Knubbeln am Dach.

„Wer war das?", fragte Jojo den Koch.

„I-ich waweiß nicht", stammelte der.

Jojo packte den Mann an den Schultern. „Wer war hier im Gastraum?"

Der Koch antwortete nicht und blickte wieder zu seinem bewusstlosen Kollegen. Jojo schüttelte ihn und wiederholte die Frage.

„Nu-nur ein-ein altes Paar", nuschelte der, verwirrt wie er war.

„Wo sind die hin?"

„Keine Ahnung."

Jojo überlegte. Dem Täter musste eine Fluchtmöglichkeit genommen werden! Er rannte zurück auf den Burghof, bestieg sein Motorrad, fuhr es auf den Parkplatz unmittelbar vor den blauen Ford und bockte es dort auf. Ein großes Hindernis war es nicht, aber die Luft aus den Autoreifen zu lassen, würde zu lange dauern. Er sprintete zurück, was durch seine Körperfülle gebremst wurde.

Freidank und Sirius-Vogelsang mussten noch in der Burg sein! Und mit ihnen derjenige, der es auf sie abgesehen hatte. Eine Burg verfügte über unzählige Räume und Gänge. Wo sollten sie suchen? Der Koch hatte offensichtlich keine Ahnung. Jojo kam eine Idee. Erneut tippte er auf seinem Mobiltelefon herum.

„Walker."

„Jojo hier. Traudel, ich brauche ganz dringend einen Tipp, wo sich ein Verbrecher in der Sababurg verstecken könnte."

„Warum?"

„Keine Fragen jetzt, Traudel, ich erzähl's dir später. Sag, wo kann man sich verstecken?"

„Da gibt es natürlich viele Möglichkeiten." Die Staatsanwältin überlegte, und Jojo trat von einem Bein aufs andere. Schließlich meinte sie: „Ich würde in den Turm gehen, ins Dornröschenzimmer. Wenn gerade keine Führung stattfindet, wäre ..."

„Danke!", unterbrach Jojo und drückte den roten Knopf. „Wo ist das Dornröschenzimmer?", herrschte er den Koch an.

„Was?"

„Wo das Dornröschenzimmer ist, will ich wissen!", brüllte Jojo.

Zitternd beschrieb ihnen der soßenfleckige Mann den Weg. Jojo und Claudia stürzten zur Tür.

*E*r nimmt die Tablette. Seine letzte. Die Abstände sind immer kürzer geworden. Doch nun ist es ja vorbei. Fast. Die zwei will er noch hinter sich bringen. Gut, dass sie beide gemeinsam hierhergekommen sind. Sonst hätte er nur noch Freidank. Eine glückliche Fügung, dass die Sirius dabei ist.

Er wird mit Freidank anfangen. Der scheint den Elektroschock schneller zu überwinden als die Sirius. Die liegt noch betäubt auf dem alten Bett, aber Frei-

dank zappelt schon wieder auf dem Steinfußboden und zerrt an seinen Fesseln.

Er öffnet die Tasche, holt den langen angespitzten Bolzen heraus, den Hammer und das Messer. Geht zu Freidank. Dreht den auf die Seite, kniet sich über dessen Körper, sodass er den Kopf zwischen seine Knie klemmen kann.

„Was ... was?", stammelt der alte Mann.

Er greift das Messer. Ritzt rasch fünf senkrechte Schnitte in die Stirn des Alten. Der will schreien, röchelt nur. Das Blut läuft ihm in die Augen.

„Zeig mir dein Ohr!", flüstert er Freidank zu. „Bald stört dich kein Geräusch mehr!"

„Hilfe!", krächzt der Alte. Sinnlos, es ist kaum zu hören.

„Erinnerst du dich an Tina?", fragt er Freidank, ohne eine Antwort zu erwarten. „Tina, die im Wald hing. Du hast ihren Strick geknüpft. Zusammen mit den anderen Scheusalen. Das bleibt nicht ungestraft. Und wenn es nach Jahrzehnten ist."

„Tina? Welche Tina?", röchelt Freidank. Ihm läuft der Speichel aus dem Mundwinkel. Er hyperventiliert mit vor Angst aufgerissenen Augen.

„Martina Rosch. Und noch andere, die ihr in den Tod getrieben habt." Er klemmt den Kopf des Alten fester zwischen die Knie. Greift mit der linken Hand den Bolzen, mit der rechten den Hammer. Setzt den Bolzen mit dem spitzen Ende in das Ohr des Freidank. Holt aus.

Die Gänge und Treppen schienen endlos. Jojo keuchte. Solche Rennerei war er nicht mehr gewohnt; um sich schneller fortzubewegen, hatte er immer das Motorrad genommen. Auf einem Treppenabsatz lehnte er sich an die Wand, er musste verschnaufen. Claudia, offenbar fitter als er, stürmte an ihm vorbei. Jojo raffte sich auf, stolperte ihr hinterher. Nur noch eine Treppe bis zum Dornröschenzimmer!

Hier: die Tür! Sie fasste die Klinke. Abgeschlossen! Von drinnen hörte man einen metallischen Schlag. Ein heiseres Fiepen. Claudia lief ein paar Schritte zurück. Nahm Anlauf, warf sich mit der Schulter gegen die Tür. Die brach aus den Angeln, Claudia polterte in den Raum hinein, kam auf dem Türblatt zu liegen.

Auf dem Boden kniete ein Mann über einem Alten, dem er einen Stahlbolzen durch das Ohr in den Schädel trieb. Er beachtete weder Claudia noch Jojo und holte erneut aus. Mit einem Satz sprang Jojo über Claudia hinweg, flog auf den Mann zu, packte dessen Arm, riss ihm den Hammer aus der Hand und rollte sich vor dem Bett ab, auf dem eine alte, fette, rotgesichtige Frau lag und mit schreckgeweiteten Augen auf das Szenario starrte.

Claudia rappelte sich auf, stürzte zu dem Schläger, der bereits wieder nach dem Hammer fasste, warf ihn um und drehte ihm die Arme auf den Rücken. Er leistete keinen Widerstand und erschlaffte. Er war bewusstlos geworden.

Vom Burghof klangen Martinshörner herauf.

Wer mag zusammenfassen?" Cem Doğan blickte in die Runde, die aus zwölf Polizisten der Sonderkommission bestand sowie aus Claudia Dunkmann und Jonas Jordan, die man als unmittelbar beteiligte Zeugen hinzugebeten hatte. Sie saßen im Besprechungsraum des Kasseler Polizeipräsidiums.

Kriminalhauptkommissarin Irene Falter straffte sich. „Wir haben es mit vier Morden an pensionierten Lehrern der Alten Landesschule in Korbach zu tun. In der Reihenfolge der Taten waren die Opfer: Leonhard Nick, Korbach; Wilhelm Munske, Hessisch Lichtenau; Johannes Heltdorf, Barhöft bei Stralsund; Walter Sudl, Gevelinghausen. Hinzu kommen ein Mordversuch an Max Freidank und ein offensichtlich beabsichtigter Mord an Brigitte-Johanna Sirius-Vogelsang, beides in der Sababurg bei Hofgeismar. Alles spricht dafür, dass es nur einen Täter gibt, den wir zuletzt in flagranti erwischt haben. Entschuldigung ...", sie blickte Claudia und Jojo an, „... den unsere Zeugen Dunkmann und Jordan stellen konnten.

Der Täter war bewusstlos und nicht ansprechbar und ist wie Frau Sirius-Vogelsang und Herr Freidank ins Kasseler Klinikum verbracht worden. Seine Identität steht noch nicht fest, da er keinerlei Papiere bei sich hatte. Ebenso ist das Motiv noch nicht eindeutig klar, wenngleich vermutet werden kann, dass es sich um Rache handelt."

„Wie geht es den beiden Überlebenden?", wollte Helmut Abt wissen, der junge Polizist.

„Max Freidank wird laut Aussage der Ärzte auf dem linken Ohr taub bleiben. Wesentlicher ist aber, dass wohl ein Teil seines Gehirns geschädigt wurde. Die Ärzte sagen, er sei als Pflegefall dauerhaft stark geistig behindert. Was der Täter mit Frau Sirius-Vogelsang vorhatte, wissen wir nicht. Abgesehen vom Schock wird sie keine dauerhaften Schäden davontragen. Allerdings raten die Ärzte dringend zur Entziehungskur in einer Suchtklinik, da sie stark alkoholabhängig sei."

„Was ist mit Sigwart Heilmann?", hakte Helmut Abt nach.

„Er hat die Waffe abgeben müssen und verliert demnächst auch seine Jagdlizenz", berichtete Cem Doğan. „Außerdem sieht er einer Anklage wegen versuchter gefährlicher Körperverletzung und Sachbeschädigung entgegen."

„Herr Jordan", wandte er sich an Jojo und runzelte die Stirn, „Sie haben sich ziemlich weit in polizeiliche Befugnisse eingemischt. Abgesehen davon, dass dadurch üble Ermittlungspannen hätten auftreten können, haben Sie sich und Frau Dunkmann in Gefahr gebracht. Wir haben gehört, dass Sie bereits zuvor in einem anderen Fall Alleingänge gestartet haben. Möchten Sie dazu etwas sagen?"

Jojo holte Luft zu einer Antwort, doch Irene Falter kam ihm zuvor. „Herr Jordan hat sich nicht eingemischt, sondern auf meine Anweisung hin gehandelt." Jojo blickte sie groß an und traute seinen Ohren nicht. „Uns fehlte bekanntlich Personal, und da ich Herrn Jordan ebenso wie du, Cem ...", sie schaute Doğan fest in die Augen, „... von gemeinsamer Arbeit gut kenne, hielt ich es für angebracht, ihn mit bestimmten Aufgaben zu betrauen. Das gleiche gilt für Frau Dunkmann."

Cem Doğan schien unsicher. „Aber wo kommen wir hin, wenn wir Laien zu Hilfspolizisten machen?"

Das war offenbar ein Stichwort für Helmut Abt, der entspannt auf seinem Stuhl saß: „Willkommen in Hessen! Neun Bundesländer, auch wir, setzen freiwillige Rambos ein. In Sachsen werden Laien ja sogar mit Waffen ausgestattet."

Irene Falter assistierte: „In zwei Fällen hat uns Herr Jordan Täter geliefert. Und nun auch in einem dritten. Wenn wir zukünftig ..."

Cem Doğan unterbrach sie: „Ist ja gut! Ich möchte das nur nicht zur Dauereinrichtung werden lassen." Er wandte sich an seinen Kollegen Abt: „Und untersteh dich, Herrn Jordan auch noch für eine Medaille vorzuschlagen!"

Das löste die angespannte Atmosphäre, und alle lachten.

Etwas brummte rhythmisch. Alle Köpfe wandten sich zum Leiter der Mordkommission. Der griff zu seinem Handy. „Doğan. – Guten Tag, Rike. – Ja. –

Bei dir? – Eine Aussage? – Gut, wir kommen." Er beendete das Gespräch. „Das war die Oberärztin der Kasseler Onkologie, Frau Doktor Santer. Unser Täter ist auf ihrer Station gelandet, weil er wohl schwer krank ist. Er ist jetzt aufgewacht und möchte eine Aussage machen." Er blickte sich um. „Wer fährt?"

Irene, Jojo und Claudia meldeten sich. Und Helmut Abt.

Jojo kam eine Idee. Er fragte: „Spricht etwas dagegen, wenn auch die Staatsanwaltschaft dabei ist?"

„Nein", meinte Cem Doğan, „aber es sollte mich wundern, wenn sich die aus ihren Sesseln bequemen würden. Soll ich nachfragen?"

Jojo winkte ab: „Danke, das mache ich."

Der Kommissar zog verwundert die Brauen hoch, stimmte aber zu.

Die Runde löste sich auf, und Irene, Helmut Abt, Jojo und Claudia traten in den Flur hinaus. Jojo tippte auf seinem Mobiltelefon herum und lauschte. „Jojo hier. Hallo, Traudel. Wobei störe ich? – Aha. – Das ist gut, wir haben nämlich unseren Mörder. – Ja. – Nein, noch nicht. – Er will eine Aussage machen. Möchtest du dabei sein? – Im Klinikum Kassel. Onkologische Station. – Ja, Rike. – Gut, wir warten dort auf dich. Bis nachher!" Er grinste. Er musste ja nicht jedem auf die Nase binden, dass Kassel nicht zu Traudels Revier gehörte. Staatsanwaltschaft – der Begriff musste genügen.

Sie sah nicht aus wie die Rike, die er kannte. In strengem Weiß strahlte die Oberärztin Dr. Frederike Santer eine Autorität aus, die Jojo Zurückhaltung abnötigte. Erstaunlich, welchen Unterschied Kleidung und Umgebung hervorrufen konnten! Sie hatten sich im Arztzimmer der onkologischen Station versammelt: Rike, Claudia, Jojo, Irene und ihr Kollege Helmut Abt.

„Friedrich Fortheim. So heißt der Mann", berichtete Rike. „Er ist ein alter Bekannter, weil er eine Zeitlang Patient bei uns war."

„Patient?", fragte Irene. „Mit welcher Krankheit?"

„Krebs. Deshalb kenne ich ihn auch. Er wurde operiert, und wir waren guter Hoffnung, dass er geheilt sei. Aber als er jetzt bewusstlos eingeliefert wurde, haben wir ihn untersucht und Metastasen festgestellt. Pankreaskarzinom im Endstadium. Nicht mehr heilbar. Wir können ihn nur noch palliativ versorgen und mit Morphin vollpumpen. Es ist ein Wunder, dass er so lange durchgehalten hat."

„Durchgehalten!", echote Helmut Abt. „Für viereinhalb Morde. Wäre der Krebs schneller gewesen, würden einige Leute noch leben."

Rikes Augen verengten sich. „Niemand darf Leben gegen Leben aufrechnen. Auch nicht bei den größten Verbrechern!" Sie dachte an Sudl und Nick, unter denen sie gelitten und die Opfer von Friedrich Fortheim geworden waren. Sie fasste sich wieder. „Er ist jetzt wach und möchte eine Aussage machen." Sie wandte sich zum Gehen.

„Wir warten noch", stoppte sie Jojo. „Die Staatsanwältin möchte dabei sein."

Rike schaltete sofort: „Traudel? Ist sie mit dem Fall befasst?"

„Nicht mit dem Fall. Mit den Opfern."

Rike verstand und nickte.

Rund zwanzig Minuten vergingen, bis Traudel Walker eintraf. Freudig umarmte sie Rike und Jojo, den anderen gab sie die Hand. Die kleine Gruppe brach zu dem Krankenzimmer auf, in dem Friedrich Fortheim lag. Ein Einzelzimmer, wie man es für Sterbende vorhielt. Bevor sie eintraten, verstummten die Gespräche. Im Angesicht des Todes wird der Mensch still.

Aus weißem Bettzeug schaute blass ein eingefallenes Männergesicht heraus. Am Infusionsständer neben dem Bett hing eine Flasche, aus der es in einen Schlauch tropfte, der sich unter der Bettdecke verlor. Sechs Menschen gruppierten sich um das Lager.

Der Sterbende lächelte. „Guten Tag!" Seine Stimme klang überraschend klar.

Irene Falter vermutete, dass es ihr als im Augenblick höchstrangiger Beamtin oblag, das Gespräch zu beginnen. „Guten Tag, Herr Fortheim. Wir hörten, Sie möchten eine Aussage machen."

„Ja. Meinen Namen kennen Sie also. Ich bin jetzt achtundsechzig Jahre alt. Sie werden mich juris-

167

tisch nicht mehr belangen können. Bis Sie Ihre Anklage geschrieben haben, gibt es mich nicht mehr." Er schaute zu dem Tropf hinauf.

„Sie haben vier Menschen getötet!" Helmut Abt, der sonst so lockere Polizist, stand stocksteif im Raum.

„Falsch!", meinte Friedrich Fortheim lächelnd. „Töten? Warum sollte ich töten? Ich habe sie nicht getötet, sondern zu Tode gefoltert." Er musste husten. „Und leider ist es mir bei den beiden letzten nicht mehr gelungen. Aber ich denke, das reicht auch so als Signal."

„Signal wofür?", fragte die Kommissarin.

„Hören Sie", meinte Friedrich Fortheim, „ich möchte, dass Sie die ganze Geschichte erfahren. Haben Sie kein Tonbandgerät dabei?"

Helmut Abt schrak auf. Er hatte tatsächlich vergessen, seinen kleinen Recorder einzuschalten, was er jetzt eilig nachholte. Tonbandgerät! Das gab es schon seit zwanzig Jahren nicht mehr. Schnell sprach er hinein: „Vernehmung des Friedrich Fortheim. Anwesend: ..." Er nannte alle Namen, wobei er allerdings Traudel nach dem ihren fragen musste.

Friedrich Fortheim holte Luft. „Ich stamme aus Meschede, aber 1959 zogen meine Eltern mit mir nach Rhadern. So kam ich auf das Gymnasium in Korbach. An diese Schule schienen achtzig Prozent der Lehrer strafversetzt worden zu sein. Einer war schlimmer als der andere. Ein Zuchthaus für unfähige Pädagogen und damit auch für die Schüler.

Wie es so geht, hab ich mich verliebt. Sie hieß Martina Rosch und war drei Klassen unter mir. Die Liebe meines Lebens." Er stockte. Es war deutlich, dass er um seine Beherrschung rang. Schließlich fuhr er fort: „Tina hatte unter den Scheusalen zu leiden. Sudl, Heltdorf, Nick und wie sie alle hießen. Sie machten sich einen Spaß daraus, Schüler zu demütigen, zu schlagen und willkürlich zu bestrafen. Besonders Tina. Ihre Eltern hielten nicht zu ihr. Sie schwiegen alles tot und meinten wohl, das sei eine richtige, weil strenge Erziehung. Ich sah, wie Tina litt."

Dem Sterbenden liefen Tränen hinunter. Er blickte durchs Fenster zum Himmel, wo sich in heftigem Wind die Wolken gegenseitig jagten.

„Ich war zu feige. Ich habe ihr nicht geholfen. Und eines Tages ging sie in den Wald. Sie hat sich aufgehängt. Ich habe sie gefunden." Er musste erneut eine Pause machen. Im Zimmer war es so still, dass man die Flasche tropfen hörte. „Ich habe sie im Stich gelassen. Ja, ich habe meine Liebe verraten", fuhr Friedrich Fortheim fort. „Es ist nur gerecht, dass mich jetzt der Krebs zerfrisst."

Er hatte sich gefasst und schaute Irene Falter an. „Ich weiß, dass ich Tina nicht wieder lebendig machen kann, und wenn ich alle Korbacher töten würde. Aber die Schweine haben noch andere Schüler in den Tod getrieben. Und zwar gemeinsam. Diese Kreaturen haben eine Verbrecherbande gebildet. Die haben sich verabredet, wen sie gemeinsam fertigmachen konnten. Und haben sich gefreut, wenn wieder einer oder eine von der Schule entfernt worden war. Wie, war ihnen egal. In ihren Augen waren das ohnehin alles Waschlappen."

Er hustete wieder. Dann wurde er lauter: „Soll das immer wieder passieren? Sollen Drecksäcke wie die erneut Kinder in Verzweiflung und Tod treiben? Ich will, dass jeder Lehrer weiß: Wenn ich mich an Kindern vergreife, wird es mir gehen wie Munske, Sudl und Heltdorf. Fritz Fortheim wird es bald nicht mehr geben. Aber nach mir werden andere kommen, und gnade Gott den Bestien, die den Tinas der Welt einen Strick knüpfen! Sie werden dafür bezahlen, und wenn es Jahrzehnte dauert!"

Er hatte sich in Erschöpfung geredet, und sein Kopf sank ins Kissen zurück. Er schloss die Augen. Irene Falter brannten noch einige Fragen auf den Nägeln, aber sie war zu erschüttert.

Dann meldete sich Jojo: „Herr Fortheim, wer gehörte denn alles zu diesem Kreis von Verbrechern, wie Sie sie nennen?"

„Nick natürlich. Der Boss. Gleich danach kamen Sudl und Munske. Heltdorf gehörte dazu und Freidank, der mich, wie ich hörte, leider überleben wird."

„Er wird zeitlebens ein Pflegefall sein", warf Helmut Abt ein.

„Ein Pflegefall?", fragte Friedrich Fortheim. „Ich wünsche ihm, dass er in seiner Scheiße langsam verreckt!"

„Das wird er nur nicht mehr merken. Er ist seit Ihrem Angriff geistig umnachtet."

„Schade."

Claudia hatte noch kein Wort gesagt. Sie fühlte, dass ihr das nicht zustand. Sie wurde hin- und hergerissen zwischen der Empörung über die grausamen Folterungen und der Empathie mit dem Mörder, den sie gut verstand. Hatte sie Mitleid mit den Opfern? Nein, gewiss nicht. Doch durfte man aus Rache, diesem archaischen Trieb, Menschen töten? Was war damit gewonnen? Wurde damit Unrecht wieder gutgemacht, wurden Tote wieder lebendig? Nein. Strafe aus Rache war unsinnig. Doch Friedrich Fortheim hatte ja noch ein zweites Motiv: Abschreckung. Abschreckung künftiger Lehrergenerationen vor Übergriffen auf Schüler, seien sie körperlicher oder psychischer Natur. Würden sich aber Psychopathen abschrecken lassen? Musste man nicht vielmehr das verschimmelte Schulsystem ändern, ja, sogar die Gesellschaft, damit Menschen gar nicht erst zu solchen Bestien werden konnten?

In ihre Gedanken hinein sprach Jojo: „Wer gehörte noch zu dem Kreis? Sigwart Heilmann?"

Der Sterbende schüttelte den Kopf. „SigHeilmann ist zwar auch ein Arschloch und Zyniker. Wahrscheinlich ist er ein Nazi. Aber er war nicht Mitglied der Kumpanei von Verbrechern, die Schüler in den Tod trieben. Zu der Bande gehörten allerdings noch Frauke Tarrel, Jürgen Schröter, Henner Mallmann und Eva-Maria Pantur. Die sind aber alle schon gestorben. Leider. Ich hätte sie mir gerne noch vorgenommen."

„Was ist mit Brigitte-Johanna Sirius-Vogelsang? Die wollten Sie doch auch umbringen?"

„Allerdings. Für die Spiritus hatte ich eine Mahlzeit vorgesehen. Einen Rohkostsalat aus Schweigrohr-Blättern."

„Schweigrohr?"

„Eine Zimmerpflanze", erklärte Frederike Santer, „auch Giftaron genannt. Zerstoßene oder zerkaute Blätter zersetzen Zunge und Schleimhäute und lassen sie anschwellen. Entweder man erstickt unter Schmerzen daran oder man stirbt langsam durch das Gift. Es bildet sich Blausäure. Im Faschismus hat man damit gefoltert und getötet. Und in den USA. Sklaven."

„Sie sollte ersticken", erläuterte Friedrich Fortheim. „Es wäre schwierig gewesen, sie damit zu vergiften. Die Blausäure-Produktion ist nämlich bei Alkoholikern stark vermindert. Ich hätte schon fürs langsame Ersticken gesorgt. Wenn ich mehr Zeit gehabt hätte."

„Sie geben also alles zu?", fragte Helmut Abt, der noch auf der Polizeischule gelernt hatte, dass die meisten Täter zunächst alles abstreiten.

„Natürlich. Hören Sie" – der Kranke hob seinen Kopf und blickte Irene Falter flehend an – „bitte machen Sie es öffentlich! Alle Einzelheiten! Das soll ein Signal werden! Schützen Sie die Kinder!" Sein Kopf sank wieder zurück, und er flüsterte: „Schützen Sie die Liebenden!"

Ein Schluchzen zerbrach die Stille des Raums. Alle drehten die Köpfe und schauten Traudel Walker an, die sonst so taffe Staatsanwältin. Ihr liefen die Tränen, und sie drehte sich zur Wand. Jojo ahnte als Einziger, was in ihr ablief. Er ging zu ihr und nahm sie sachte in den Arm.

Ja, dachte er, ich als Journalist und sie als Pressesprecherin der Staatsanwaltschaft werden die Verbrechen öffentlich machen. Die Verbrechen an Kindern.

Nein, die Gräber seien schon lange aufgelöst. Die Liegezeit betrage fünfundzwanzig Jahre, wenn sie nicht von Angehörigen verlängert würde. Und diese Frist sei definitiv vorbei.

Noch am Samstagabend hatte Jojo seinen ehemaligen Klassenkameraden Paul angerufen, der bei der Korbacher Friedhofsverwaltung arbeitete. Claudia, Traudel, Irene und er hatten die Absicht gehabt, auf den Gräbern der Schülerinnen und Schüler ein paar Blumen niederzulegen. Das war nun nicht mehr möglich. Sollten denn diese jungen Menschen, Opfer einer Verschwörung, vollständig vergessen werden? Damit hätten doch die, die sie in den Tod getrieben hatten, ein spätes Ziel erreicht.

Die vier waren nach der Vernehmung des sterbenden Friedrich Fortheim in Irenes Interimszimmer in Habichtswald zusammengekommen.

„Ich hape aper nichds vorrädig für euch", entschuldigte sich die Kommissarin, wobei sie in ihren Heimatdialekt zurückfiel. „Mal sehen, was ich zusammengradzen gann."

Claudia, Traudel und Jojo machten große Augen, als sie sahen, was Irene „zusammengekratzt" hatte: **Blaue Zipfel**, Schwartenmagen, Erdbeeren, Blechkuchen, gekochte Eier und Grünkern-Bratlinge. Damit hätte man den halben Hessentag sättigen können.

„Ich werde eine Reportage für den *Wochenblick* zusammenstellen", beschloss Jojo, nachdem alle kaum mehr japsen konnten. „Mit allen Namen und Einzelheiten. Und du", er schaute Traudel an, „du wirst mir dabei juristisch helfen."

Sie lächelte und nickte: „Gerne. Und wenn es das Letzte ist, was ich tue!" Eine große Last schien von ihr abgefallen zu sein. Was geschehen war, war geschehen. Die Teufel waren tot oder verblödet. Bis auf die Spiritus, doch die würde nach dem Bericht im *Wochenblick* ebenfalls gestorben sein – zumindest in Korbach.

Die toten Schüler deckte die Erde, und inzwischen nicht einmal mehr das. Doch sie, Traudel, war gerettet worden und konnte den Toten ihre Würde zurückgeben. Sie fühlte sich frei. Zum ersten Mal nach über vierzig Jahren.

„Was stellen wir noch an mit dem Rest des Wochenendes?", fragte Claudia.

„Wir haben von dem Hessentag nicht viel mitbekommen", stellte Jojo fest. „Das holen wir heute Abend und morgen nach. Am Montag ist das Festival ja vorbei."

„Dann sollten wir morgen Abend noch einmal in Korbach essen gehen, was meint ihr?"

„Gute Idee", stimmte Jojo zu. „Ich schlage den Chinesen in der Kirchstraße vor."

Gute Lokale hatte Jojo immer gespeichert, so rief er dort an, um einen Tisch für vier Personen zu reservieren.

Am Ende des Gesprächs mit der offenbar asiatischen Dame des Restaurants tönte es aus seinem Mobiltelefon: „Bausiekinnastuuu?"

„Bitte?"

„Bausiekinnastuuu?", hieß es zum zweiten Mal.

Verwirrt schaute Jojo in die Runde und stellte das Handy auf Freisprechen, sodass alle mithören konnten. „Entschuldigung, ich habe Sie nicht verstanden."

„Bausiekinnastuuu?" Die Dame schien unermüdlich. Verzweifelt blickte Jojo seine Mitstreiterinnen an.

Claudia, die eine Zeitlang in Asien gearbeitet hatte, lachte. „Sie möchte wissen, ob wir einen Kinderstuhl brauchen!"

Erleichtert verneinte Jojo, und alle fielen in Claudias Lachen ein.

Jojo wandte sich an sie: „Und du? Wolltest du nicht zum Backenberg bei Göttingen?"

„Das kann ich verschieben. Jetzt wäre der Otzberg im Odenwald interessanter. Ein erloschener Vulkan."

„Den kenne ich", meinte Jojo. „Liegt da nicht der Ort ‚Hering'? *Weitab von den Küsten der Weltmeere*, wie der Odenwälder Shanty-Chor erzählt. Warum jetzt die Zieländerung?"

„Dort in der Nähe steht das Motorrad-Gespann eines Journalisten, der mir darauf Fahrunterricht geben will." Claudia grinste.

„Gerne!", stimmte Jojo zu. „Es gibt nur ein Problem."

„Und das wäre?"

„Meine MZ steht auch noch in Korbach. Ich kann nicht zwei Motorräder gleichzeitig fahren."

„Da kann ich helfen", schlug Irene vor. „Auch ich habe zwei Fahrzeuge hier stehen – meine Aprilia und den Kleinbus. Wie wär's, wenn wir drei mit den Motorrädern in die Kurpfalz fahren, danach steigen Jojo und ich in die Bahn zurück nach Nordhessen und holen unsere Untersätze ab? Mein Job ist hier ohnehin zu Ende, und ich fahre zurück nach Ladenburg. Mit euch!"

„Rudelbraten!" Jonas Jordan zog die Mundwinkel nach unten. „Igitt!"

Rezepte – nicht nur hessisch

Askese ist nichts für Jojo. Das Leben ist viel zu kurz, um es nicht zu genießen. Im Verlauf seines dritten Falles stieß er auf zahlreiche Gerichte, die der Autor seinen Leserinnen und Lesern nicht vorenthalten möchte.

Die Rezepte

Alle angegebenen Mengen sind für vier Personen berechnet.

Vesper

Ahle Worscht – Alte Wurst

Ahle Worscht ist eine nordhessische Spezialität, deren Herstellung man am besten einem guten Hausmetzger überlässt oder sie bei einem Urlaub in der malerischen Region kauft. Die Ahle Worscht eignet sich hervorragend zu Frühstück oder Vesper.

Ausgangsmaterial ist das Muskelfleisch und der Speck schwerer Wurstschweine, was schlachtwarm (bis drei Stunden nach der Schlachtung) oder schlachtfrisch (bis 24 Stunden nach der Schlachtung) grob zerkleinert wird. Gewürzt wird der Fleischteig mit frisch gemahlenem Pfeffer, etwas Salinensalz, in Alkohol eingelegtem Knoblauch, Senfkörnern, etwas Haushaltszucker und etwas Salpeter. Die Wurstmasse wird in Därme gefüllt und anschließend einer natürlichen Reifung durch Lufttrocknung über mehrere Monate unterzogen. Die lange Lufttrocknung gibt der Wurst den Namen.

Knochenwurst

Wurst mit Knochen? Wie pervers ist das denn? Tatsächlich ist dies eine deftige sauerländische Spezialität. Schweinernes Hackfleisch und in Stücke gehackte Rippchen bilden zusammen mit Gewürzen den Wurstteig. Nach dem Füllen der Därme – manchmal auch eines Saumagens – räuchert sie der Metzger. Vor dem Servieren wird sie etwa zwei

Stunden lang gekocht, danach mit Sauerkraut und
Kartoffeln gegessen. Die Knochenstücke, die den
speziellen Geschmack verleihen, werden dabei ab-
genagt und nicht gegessen.

Blaue Zipfel

Ähnlich wie die Sauerländer halten es die Franken.
Sie kochen rohe Bratwurst in einem Sud aus Essig,
Zwiebeln, Wein, Zucker, Salz und weiteren Gewürzen. Die Würste verfärben sich dabei leicht blau,
wovon sie ihren Namen erhielten. Serviert werden sie heiß mit etwas Sud, in dem die Zwiebeln
schwimmen. Traditionell reichen die Franken dazu
Brezeln oder kräftiges Graubrot.

Vorweg

Topinambur-Suppe

Topinambur ist eine Süßkartoffelknolle, die in
Deutschland eher unkrautartig wächst. Sie wurde
ebenso wie die normale Kartoffel aus Südamerika
eingeführt. Da sie große gelbe Blüten bildet, wird
sie gern als Zierpflanze genutzt. Doch die Knollen
geben wegen ihres Zuckergehalts die Grundlage
für Schnaps-Spezialitäten. Auch als Gemüse oder
Salatzugabe kann sie verwendet werden. Hier bildet
sie den Hauptbestandteil einer nahrhaften Suppe.

Zutaten

Topinamburknollen, 200 g
Süßkartoffel, 100 g
Schalotten frisch, 2
Knoblauch frisch, 2
Zitronengrasstangen, 2
Öl
Orangensaft, 100 ml
Kokosmilch, 100 ml

Pfeffer, bunt
Salz
Frühlingszwiebeln, 2
Kürbiskernöl
Zitrone, ungespritzt, 1
Koriander
Kardamom
Chili

Die Topinamburknollen waschen, schwarze Stellen wegschneiden. Süßkartoffel schälen, Topinamburknollen und Süßkartoffel in grobe Stücke schneiden. In Öl anrösten, mit Wasser ablöschen und knapp weich kochen. Wasser abgießen, bis das Gemüse knapp bedeckt sind, salzen und fertig garen, bis die Stücke weich sind. Im Topf mit dem Stabmixer zu dünnflüssigem Mus pürieren.

Schalotten und Knoblauch fein würfeln, Zitronengras „plattklopfen" und alles in wenig Öl andämpfen. Mit Orangensaft ablöschen, Kokosmilch dazugeben und leise köcheln lassen.

Die so bereitete Kokosmilch zum Mus geben, auf kleinem Feuer heiß werden lassen, Zitronengras-Stengel entfernen.

Von der Zitrone Schale und Saft dazugeben, abschmecken mit Chili, geschältem und gemahlenem Kardamom sowie Koriander.

In Tassen servieren.

Das Grün der Frühlingszwiebel in feine Streifen schneiden und auf die Suppe streuen, mit Kürbiskernöl beträufeln.

Wildsuppe mit Buchweizen

Die Grundlage bildet Wildessenz, die gerne aus Knochen und Fleisch vom Hirsch hergestellt wird. Aber natürlich passt auch anderes Haarwild. Wildschweinfleisch sollte nicht von Keilern stammen, die im Herbst oder Winter geschossen wurden – in der Paarungszeit („Rauschzeit") ist es nicht genießbar.

Buchweizen ist entgegen seinem Namen kein Getreide, sondern eine Knöterichart. Die geschälten Körner sind mittlerweile in fast jedem Supermarkt zu haben.

Zutaten

Hackfleisch vom Wild, aus der Keule, 500 g	Thymian, 2 Zweige
Wurzelgemüse, 200 g	Majoran, 2 Zweige
Eiweiß, 3	Rosmarin, 2 Zweige
Wacholderbeeren, 5	Lorbeerblätter, 2
Pfeffer	Wildfond, kräftig, 1,5 L
Nelken, 4	Buchweizen, 100 g

Den Wildfond möglichst kalt stellen.
Das Wildhackfleisch wird mit dem klein gewür-

felten Gemüse, Eiweiß, den Kräutern und Gewürzen in einer Schüssel gründlich vermischt. Danach wird die Mischung mit der eiskalten Wildbrühe in einen Topf gegeben und unter vorsichtigem Rühren langsam aufgekocht. Auf kleiner Flamme sollte alles ohne Rühren etwa eine Stunde köcheln.

Zum Schluss die Wildbrühe durch ein feines Sieb oder Tuch in einen anderen Topf gießen, die Buchweizenkörner zugeben, aufkochen lassen, 5 Minuten weiterköcheln und mit Salz abschmecken.

Fischsuppe „Bodden"

Bodden sind flache küstennahe Gewässer der südlichen Ostsee, die durch Inseln und Halbinseln vom offen Meer abgetrennt sind. Wegen des geringen Salzgehalts haben sie fast Süßwasserqualität.

Für Fischsuppe gibt es unzählige Rezepte bis hin zur berühmten Bouillabaisse. Hier ein Vorschlag von Jojo.

Zutaten

Fischfilets nach Wunsch, etwa Bodden-Zander, Scholle, Kabeljau o. a., 400 g

Garnelen, geschält, 4

Krabben, geschält, 100 g

Karotten, 2

Zwiebeln, 2

Staudensellerie ohne Blätter, 2 Stangen

Knoblauchzehen, 4

Weißwein, 500 ml

Brühe, 500 ml

Tomaten, 3

Lorbeerblatt, 1

Orange, abgeriebene Schale, 1
Zitronen, abgeriebene Schale, etwas
Curcuma nach Belieben

Pastis, 50 ml
Petersilie, glatt, 1 Bund
Schnittlauch 1 Bund
Butterschmalz

Das Gemüse wird fein gehackt und für 2 bis 3 Minuten in etwas Fett angebraten. Den Weißwein eingießen und etwas einkochen lassen. Brühe, Tomaten mit Haut, Lorbeerblatt, und Abrieb von Orange und Zitrone dazugeben und zugedeckt etwa 10 Minuten köcheln lassen. Dann mit einem Mixstab alles gut pürieren. Die Brühe nun zum Kochen bringen. Etwas Curcuma und einen guten Schuss Pastis dazugeben. Zugedeckt etwa 5 Minuten kochen.

Die Fischfilets werden in mundgerechte Stücke geschnitten. Fisch, Krabben und Garnelen und feingehackten Schnittlauch in die Brühe geben. Alles wird zum Kochen gebracht und eine Minute gekocht.

Danach sollte die Suppe vom Herd genommen werden. Zugedeckt gut ziehen lassen. Schließlich feingehackte Petersilie darüber streuen.

Als Beilage eignet sich Baguette oder anderes Weißbrot.

Duckefett

Die Spezialität aus Nordhessen wurde wie viele schmackhafte Gerichte aus der (Zeit-)Not geboren. „Ducken" meint im regionalen Dialekt „tunken", weil die Kartoffeln oder Klöße ins Fett getunkt werden. Schmand ist etwa zehnprozentige saure Sahne.

Zutaten

Speck, 250 g	Salz
Schmand, 1 Becher	Pellkartoffeln oder
Zwiebel, 1	Klöße

Der Speck wird gewürfelt und in einer Pfanne ausgelassen. Die ebenfalls gewürfelte Zwiebel zugeben und schmoren, bis die Stückchen braun werden.

Die Pfanne wird vom Feuer genommen, und wenn der Inhalt nicht mehr brutzelt, wird der Becher Schmand untergerührt. Mit Salz und eventuell weiteren Gewürzen (Majoran, Thymian) abschmecken. Mit Pellkartoffeln oder Klößen servieren.

Mittendrin

Waldecker Ofenkuchen

Das einfache, deftige Gericht wird traditionell mittags oder nachmittags gereicht. Dazu wird Kaffee getrunken.

Die hergebrachte Zubereitungsart ist das Backen auf einer dünnen Blechplatte, die auf den Holzherd oder auf die Flammen eines Gasherdes gelegt wurde. In einer großen Pfanne funktioniert es aber genauso.

Zutaten

Kartoffeln, 2 kg	Eier, 3
Zwiebeln, 2	Mehl, 180 g
Milch, 400 ml	Speckschwarte,
Salz, Prise	1 Stück

Die rohen Kartoffeln und die Zwiebel fein reiben. Dazu eignet sich gut eine elektrische Küchenreibe, besonders, wenn man viele Personen versorgen möchte. Auf die Kartoffel-Zwiebel-Masse wird die heiße Milch gegossen, mit Salz gewürzt, die Eier und das Mehl untergerührt. Die Masse sollte nicht zu fest sein, sondern noch vom Löffel tropfen.

Mit der Speckschwarte wird das heiße Blech oder die Pfanne eingefettet. Für einen Ofenkuchen nimmt man etwa 3 Esslöffel Teig. Die Ofenkuchen hauchdünn ausbacken.

Auf die noch heißen Ofenkuchen wird entweder frische Butter geschmiert oder dunkler Rübensirup, dann wird der Kuchen zusammengerollt und gegessen.

Labskaus

Es gibt mehr Labskaus-Rezepte als Köche und Hausfrauen. Aus der Seefahrt kommend, bestand dieses Gericht ursprünglich lediglich aus püriertem Pökelfleisch. Jojo hat hier die üblichen Kartoffeln durch Blumenkohl ersetzt. Nach Wunsch kann auch das Matjesfilet weggelassen werden.

Zutaten

Blumenkohl, 2 Köpfe	Rote Bete, 2 Gläser
Corned Beef, 2 Dosen	Eier, 4
Zwiebeln, 2	Salz
Gewürzgurken, 2 Gläser	Matjesfilets, 4

Die beiden Blumenkohlköpfe von den Strünken befreien und in leicht gesalzenem Wasser bissfest kochen. Zwiebeln und einige Gewürzgurken in kleine Stücke schneiden.

Den fertigen Blumenkohl gut abtropfen lassen.

Zwiebeln, Gewürzgurken und das Corned Beef in einem Topf leicht anschmoren und mit ein wenig Flüssigkeit aus dem Gurkenglas ablöschen. Den Blumenkohl mit einem Pürierstab pürieren und dann zu der Corned-Beef-Masse geben. Anschließend noch ein wenig Rote-Bete-Saft aus dem Glas dazugeben und mit Salz, Pfeffer und ein wenig Gewürzgurkenflüssigkeit abschmecken. Nebenbei in einer Pfanne pro Person ein Spiegelei braten.

Das Labskaus wird auf Teller gegeben, dazu noch ein paar halbierte Gewürzgurken, Rote Bete sowie pro Teller ein Matjesfilet. Das Ganze wird mit dem Spiegelei gekrönt.

Wildschweingulasch in Rahmsoße mit Rosinenwirsing

Das Fleisch sollte nicht von einem Keiler stammen, der in der Paarungszeit geschossen wurde.

Beim Wirsing ist es egal. ;-)

Das im Rezept verwendete Gewürz Pul Biber ist nicht überall bekannt. Es handelt sich um getrocknete bunte Samen von scharfen Chilischoten. Pul Biber ist in türkischen Läden erhältlich. Zur Not kann es durch normales Chilipulver ersetzt werden.

Zutaten

Wildschweinrücken, 250 g	Champignons, 150 g
	Chili
Zwiebeln, 7	Wirsing, ca. 750 g
Klare Brühe, 400 ml	Rosinen, 50 g
Tomatenpüree, 100 ml	Kartoffeln, jung, 300 g
Spitzpaprikaschote, 1	Olivenöl
Zitrone, 1	Pul Biber
Zucker	Apfel, 1
Crème fraîche, 2 Becher	Curry
	Zucker
Rotwein, 1 Glas	Kümmel
Knoblauchzehen, 3	Weißwein, 200 ml
Salz	

Fleisch von Haut und Sehnen befreien, in gulaschgroße Stücke schneiden, mit einem Handtuch gut abtrocknen. Drei Zwiebeln fein würfeln. Fleisch anbraten, zum Schluss Zwiebeln dazu und mit anbraten. Mit 200 ml Brühe ablöschen. Champignons, Paprikaschoten (klein gewürfelt), Tomatenpüree, Zitronensaft und Chili nach Belieben zugeben.

1 Stunde garen, dabei aber nicht mehr kochen lassen. 1 Becher Crème fraîche, Rotwein und pürierten Knoblauch zugeben, mit Zucker und Salz abschmecken.

Den **Wirsing** putzen und in daumenbreite Streifen schneiden.

Eine Zwiebel in halbe Ringe schneiden und in etwas Fett andünsten. Die Wirsingblätter zugeben, ebenso die Rosinen und den geschälten und kleingeschnittenen Apfel. Kümmel, Curry, Zucker und Salz zugeben.

Mit 200 ml Brühe und dem Weißwein ablöschen. Das Ganze eine Dreiviertelstunde kochen. Vom Feuer nehmen und 1 Becher Crème fraîche unterrühren.

Die rohen **Kartoffeln** putzen, mit Schale in mundgerechte Stücke würfeln. In einer Schüssel mit reichlich Olivenöl, Salz, Zucker, 3 kleingehackten Zwiebeln und sparsam Pul Biber mischen. Eventuell nach Geschmack milde Peperoni zugeben.

Backofen auf 250 ℃ vorheizen. Ein Backblech mit Olivenöl einpinseln, darauf die gewürzten Kartoffeln verteilen. 10 Minuten bei Umluft und 250 ℃ backen, danach nochmals 10 Minuten grillen. Wenn die Kartoffelstücke gebräunt sind, Blech aus dem Ofen nehmen und Inhalt in eine Schüssel geben.

Fasanenbrust in Schinken mit Feldsalat, Walnüssen und Reis

Es könnte ein Rezept aus der Dornröschenzeit sein, wenn nicht der Reis wäre. Doch zu Fasanenbrust eignen sich weder Kartoffeln, Nudeln oder Bulgur. Das Rezept verzichtet auf Gemüse. Stattdessen wird Feldsalat und ein Chutney dazu gereicht.

Zutaten

Fasanenbrüste, 4
Serranoschinken,
4 Scheiben, je nach
Größe entsprechend
mehr
Olivenöl
Meersalz und Pfeffer
Feldsalat, 400 g
Walnüsse, gehackt,
30 g
Balsamico-Essig, weiß
Joghurt, 3,5 %
Milch, Etwas
Zwiebeln, 4
Klare Brühe, 2 EL

Reis, Langkorn, geschält, nicht poliert,
300 g
Rosinen, 40 g
Kräuter der Provence
Äpfel, sauer, geschält,
500 g
Preiselbeeren, 300 g
Apfelessig, 300 ml
Ingwer, frisch, gerieben, 20 g
Zucker, braun, 100 g
Chilischote, rot, 1

Für das **Chutney** Preiselbeeren und gewürfelte Äpfel mit dem Zucker, der in feine Ringe geschnittenen Chilischote, dem Ingwer und dem Apfelessig in einen Topf geben und etwa 1 Stunde einkochen.

Den **Feldsalat** waschen und putzen. Je nach Geschmack entweder nur mit Olivenöl und weißem Balsamico-Essig, etwas Salz und Zucker anmachen oder zusätzlich mit Joghurt, der mit etwas Milch verdünnt werden kann. Die gehackten Walnüsse darüberstreuen.

3 Zwiebeln würfeln, in etwas Olivenöl andünsten. Wenn sie glasig werden, **Reis** zugeben. Umrühren, damit die Reiskörner mit Öl benetzt werden. Nach 1 Minute 400 ml Wasser und 2 Esslöffel Brühepulver zugeben, ebenso die Rosinen und Kräuter der Provence. Einmal umrühren, dann nicht mehr! Reis bei schwacher Hitze garen, bis das Wasser verdunstet ist.

Für das **Fleisch** den Backofen auf 200 °C vorheizen.

Die Fasanenbrüste waschen und abtupfen, jeweils mit einer Serranoschinkenscheibe umwickeln und ein wenig pfeffern.

In einem großen Topf oder einer Pfanne Olivenöl erhitzen. Die Fasanenbrüste im heißen Öl von allen Seiten kräftig anbraten, hierbei die offene Schinkenseite zuerst nach unten in den Topf geben. Dann das Fleisch in eine Auflaufform geben, auch hier die offene Schinkenseite zuunterst, und im vorgeheizten Backofen etwa 3 bis 5 Minuten weitergaren. Die Brüste herausnehmen, kräftig mit Kürbiskernöl einpinseln und bis zum Servieren in Alufolie beiseitestellen.

Rindsrouladen mit Pilzen

Rouladen sind ein traditionelles deutsches Gericht. Dennoch werden sie nur in wenigen Restaurants angeboten. Da Rindfleisch durchaus zäh sein kann, lassen sich Feinschmecker bei der Auswahl von einem guten Metzger beraten.

Frische Waldpilze sind meist nur im Herbst erhältlich. (Man kauft ja auch keine Erdbeeren im Winter.) In der übrigen Jahreszeit muss Jojo daher auf Wald- oder Zuchtpilze aus dem Glas zurückgreifen.

Zutaten

Rouladen vom Rind, ca. 180 g pro Stück, 4
Senf, scharf, 1 EL
Schalotten, 2
Petersilie, 1 Bund
Speck, fett, 25 g
Rauchfleisch, 50 g
Grüner, eingelegter Pfeffer, 1 EL
Hackfleisch, gemischt, 75 g

Semmelbrösel, 1 EL
Butterschmalz, 60 g
Fleischbrühe, ½ L
Zitrone, 2 Scheiben
Waldpilze, 300 g
Zwiebel, 1
Saucenbinder, dunkel, 1 EL
Crème fraîche, 1 Becher

Die Rouladenscheiben werden flach geklopft, gesalzen und mit Senf bestrichen. Schalotten, Petersilie, Speck und Rauchfleisch werden fein gehackt, der grüne Pfeffer zerdrückt. Hackfleisch, Speck, Rauchfleisch und Schalotten mit je der Hälfte Petersilie und

Pfeffer, Semmelbröseln und etwas Thymian mischen, mit Salz abschmecken und auf den Rouladen verteilen. Aufrollen, feststecken oder -klammern und außen salzen. In 30 g Butterschmalz anbraten. Die Brühe und Zitronenscheiben zugeben und zugedeckt auf kleinster Flamme gut 90 Minuten schmoren.

Frische Pilze werden zunächst geputzt. Pilze aus dem Glas oder der Dose in ein Sieb geben und gründlich abtropfen lassen. Danach kleiner schneiden. Zwiebel würfeln. Beides im restlichen Fett 5 Minuten dünsten. Fertige Rouladen aus der Soße nehmen und warm halten. Zitronenscheiben entfernen, die Soße wieder aufkochen und Soßenbinder einrieseln lassen. Eine Minute köcheln. Pilze und Crème fraîche dazugeben, 3 bis 5 Minuten ziehen lassen, mit Salz und restlichem Pfeffer abschmecken, Thymian und übrige Petersilie hinzufügen. Rouladen in der Soße servieren.

Als Beilage eignen sich Rotkohl und Bratkartoffeln (siehe Rezept „Wildschweingulasch").

Enchiladas con verduras

In Mexiko ist der Reichtum nicht breit gestreut. Nur wenige Familien können sich Fleisch leisten. Auch Irene und Jojo haben zu einem vegetarischen Gericht gegriffen.

Zutaten

Weizentortillas, groß, 6
Zucchini, 1
Paprikaschoten, rot
und gelb, 2
Aubergine, 1
Tomaten, mit Saft, 1
Dose
Crème fraîche, 1 Becher
Käse, gerieben,
1 Beutel
Mais, 1 kleine Dose
Kidneybohnen, 1 Dose
Tomaten, frisch, 2
Salz und Pfeffer
Chili, geschrotet oder
frisch
Butterschmalz

Butterschmalz warm stellen, damit es streichfähig wird.

Das Gemüse waschen, würfeln und in einer großen Pfanne mit Öl anbraten, salzen und pfeffern.

Die Dosentomaten in einen Topf geben und mit dem Kochlöffel in kleine Stücke zerdrücken. Mit Salz, Pfeffer und etwas Chili würzen. Leicht aufkochen lassen und vom Herd nehmen.

Tortillas auf einen Teller legen und in der Mitte jeweils mit etwas angebratenem Gemüse füllen. Einen Klecks Tomatensoße darauf verteilen, nach Belieben Crème fraîche und Käse darauf geben und die Weizentortillas aufrollen.

In eine feuerfeste, leicht mit Butterschmalz gefettete Form legen. Wenn alle Rollen in der Form liegen, mit Crème fraîche und Tomatensoße bestreichen. Zum Schluss mit Käse bestreuen. 15 bis 20 Minuten bei 200 °C backen, eventuell mit Umluft.

Trinkbares
Crema con Tequila

Der südamerikanische Agavenschnaps Tequila ist seit langem auch in Europa eingeführt. Er ist Bestandteil eines angenehmen mexikanischen Likörs, der Kaffee und Sahne mit Tequila verbindet. Allerdings ist der gebrauchsfertige Digestif nicht gerade billig.

Café exprés mexicano

In Deutschland wird noch immer Kaffee oft ruiniert. Zu minderwertigen, schnell gerösteten Bohnen, die die bekannten Fernsehmarken verkaufen, kommt die schlimmste und ungesündeste Zubereitungsart: Filterkaffee, dicht gefolgt von dem unsäglichen Kapselkaffee.

Dagegen eignen sich entweder Espresso aus einer Profi-Espressomaschine oder, für den Hausgebrauch, ein „langer Espresso" aus einer Kanne, wie sie beispielsweise von Bialetti angeboten wird. Solche Kannen gibt es auch aus Edelstahl, falls die aus Aluminium auf Vorbehalte stoßen.

Zutaten

Schokolade, dunkel, 175 g	Süße Sahne, 150 ml
Kaffee, 600 ml	Muskat, etwas

Aus der Sahne wird Schlagsahne zubereitet. Die Schokolade wird zerkleinert und in einen Krug gegeben, der heiße Kaffee anschließend in den Krug auf die Schokolade gegossen. Rühren, bis die Schokolade geschmolzen ist, dann in Tassen verteilen.

Je einen Teelöffel Schlagsahne in die gefüllten Tassen geben, wenig Muskat darüberstreuen. Anstelle von Muskat kann man auch Zimt, Nelkenpulver oder Kardamom verwenden.

Und zum Schluss
Crêpes Suzette

Suzette ist ein französischer Frauenname, was natürlich die zahlreiche Legendenbildung um die Entstehung der Süßspeise beflügelte.

Crêpes sind hauchdünne Pfannkuchen, die in diesem Fall mit Orangenlikör übergossen und flambiert werden.

Zutaten

Vanillezucker, 1 Beutel	Orangensaft, möglichst frisch gepresst, 300 ml
Weizenmehl 405, gesiebt, 120 g	
Eier, 2	Zitronensaft, 50 ml
Eigelb, 1	Zucker, braun, 125 g
Milch, 200 ml	Butter, 60 g
Wasser, 80 ml	Orangenlikör, 4 EL
	Salz, 1 Prise

Orangenlikör warm stellen, etwa auf 30 °C, damit er später brennen kann.

In einer großen Rührschüssel das Mehl mit dem Vanillezucker und einer Prise Salz vermengen. Danach eine Kuhle in der Mitte des Gemischs formen und darin die beiden Eier und das Eigelb platzieren. Mit einem Rührgerät einrühren, gleichzeitig die Milch und das Wasser dazugeben, bis ein flüssiger Teig entsteht. Falls er noch zu fest ist, weitere Milch zugeben. Zugedeckt eine Stunde im Kühlschrank ruhen lassen.

In einem Topf den Orangensaft mit dem Zitronensaft und dem Zucker zusammen aufkochen lassen, daraufhin 8 bis 10 Minuten auf kleiner Flamme köcheln lassen, bis eine gebundene Soße entsteht.

30 g Butter schmelzen und unter den Crêpes-Teig rühren. Ein kleines Stückchen Butter in einer Pfanne erhitzen, daraufhin so viel vom Teig in die Pfanne geben, bis der Boden gerade eben bedeckt ist. Beide Seiten des Pfannkuchens goldbraun backen.

Der Teig reicht je nach Pfannengröße für etwa 8 Crêpes. Nach dem Backen die erkalteten Crêpes zweimal falten, sodass Viertel entstehen.

In der Pfanne die Orangensoße bei niedriger Hitze erhitzen. Danach die gefalteten Crêpes einzeln in die warme Soße tauchen und auf einen Kuchenteller geben.

Zum Abschluss den warmen Orangenlikör in eine Suppenkelle träufeln. Eine Flamme entzünden und an die Suppenkelle halten, um den Likör zu flambieren. Den flambierten Orangenlikör über die Crêpes geben und sofort servieren.

Das Leben ist meist grotesker als ein Roman. Die Handlung ist daher nicht authentisch, wenn auch Ähnlichkeiten mit lebenden oder toten Personen kaum vermeidbar sind. Der Autor aber schwört jedem, der sich wiederzuerkennen glaubt, dass er es garantiert nicht ist. Den Anwälten der sich irrtümlicherweise betroffen fühlenden Menschen kann versichert werden, dass ihre Mandanten in diesem Buch mit keiner Silbe erwähnt werden und sie überhaupt jemand völlig anderes sind.

Obwohl der Autor kein Politiker ist, handelt es sich bei dem Buch teilweise um ein Plagiat. Auf Wunsch tritt der Autor auch gerne zurück, er weiß nur nicht, wovon. Er hat von sich selber abgeschrieben und verschiedene schon früher veröffentlichte Glossen und Erlebnisse verarbeitet.

Der Text ist in neuer Rechtschreibung verfasst, die von wichtigtuenden Reformern durch lächerliche Verschlimmbesserungen verbrochen wurde und die sie innerhalb von zwanzig Jahren sechsmal änderten. Davon abweichend legt der Autor Wert zumindest auf eine Zeichensetzung, die einen Satzinhalt nicht entstellt.

Erstaunlich angenehm war die Zusammenarbeit mit den Verlagslektoren, wofür sich der Autor herzlich bedankt – dies ausnahmsweise ohne Ironie.

Er dankt außerdem Kommissarin Céline Nautile für zahlreiche Tipps aus dem Polizeialltag sowie seiner Frau Renate, die ihm das Kochen beibrachte. Alle beide sind noch heute mit ihm befreundet, obwohl sie seine Bücher lesen mussten.

Zum Autor:

Hans Dölzer, Jahrgang 1955, wuchs in der nordhessischen Provinz auf. 1974 Flucht aus dem Fürstentum Waldeck nach Heidelberg. Er arbeitete als Buchbinder, Reifenmonteur, Fahrlehrer, Grafiker, Busfahrer, Dozent, Fachkraft für Arbeitssicherheit und schließlich als Journalist und Schriftsteller. Unter seinem Mädchennamen Hans Hohmann veröffentlichte er technische Dokumentationen und Reiseberichte, Bücher und Buch-Übersetzungen, meist rund um das Thema Motorräder. Er lebt heute an der Badischen Bergstraße.